COLLECTION
FOLIO ACTUEL

Dominique Schnapper

Qu'est-ce que l'intégration ?

Gallimard

Dominique Schnapper, directrice d'études à l'École des hautes études en sciences sociales, a été présidente de la Société française de sociologie (1991-1995). Elle est, par ailleurs, membre du Conseil constitutionnel. Elle a reçu en 2002 le prix Balzan pour l'ensemble de son œuvre sociologique.

Être deux c'est pour moi la seule unité concevable.

ROMAIN GARY

INTRODUCTION

Histoire de mots

Le terme d'intégration est particulièrement ambigu parce qu'il appartient à la fois au langage politique et à celui de la sociologie. Le gouvernement français a comporté, au début des années 1990, un secrétaire d'État à l'Intégration (Kofi Yamgnane), il compte en 2006 un ministre de l'Emploi et de la Cohésion sociale (Jean-Louis Borloo). En même temps, l'intégration est un concept central du *Suicide* de Durkheim et son utilisation a suscité de nombreuses discussions chez les sociologues.

Des couples de mots antithétiques résument sur le mode binaire ces discussions. S'agissant des « classes dangereuses » ou, en d'autres termes, des populations marginalisées par leur situation sociale, les sociologues ont opposé l'intégration à la désintégration, mais aussi à l'anomie, à l'exclusion, à la délinquance, à la déviance, à l'invalidation, à la dissociation, à la dissidence, à l'émiettement, à l'aliénation, à la ségrégation, à la désaffiliation. À propos de la société en général, Eliezer Ben-Rafaël dans un ouvrage récent définit l'intégration comme le contraire de l'incohérence, de l'exclusion, de la fragmentation et de l'éparpillement[1]*. Ces oppositions

* Les notes de l'auteur sont en fin d'ouvrage, p. 219.

binaires ne suffisent pas à rendre le concept plus compréhensible. Le choix entre ces divers termes est souvent plus lié aux idées politiques dominantes et aux débats publics qu'à la seule logique de la connaissance.

Dans la vie sociale, le vocabulaire n'est pas plus précis. Pourquoi a-t-on créé le Haut Conseil à l'intégration et le revenu minimum d'insertion? Pour ce qui concerne les immigrés et leurs descendants[2], les polémiques ont porté à la fois sur le fond et sur les mots. Fallait-il mener une politique d'intégration, d'assimilation, d'insertion (ou d'incorporation), d'accommodation ou encore une politique «multiculturelle»? On a ainsi volontiers confronté les arguments des partisans de l'intégration et ceux du multiculturalisme: les «intégrationnistes» n'étaient-ils pas tyranniques en refusant de prendre en compte les identités collectives particulières et les «multiculturalistes» ne risquaient-ils pas de remettre en cause l'indispensable unité de la société républicaine? Comment, d'autre part, caractériser la politique qui était effectivement suivie? Les controverses sur ce thème ont été nombreuses en France comme dans les autres pays européens tout au long des années 1980-1990. Devait-on parler encore de politique d'assimilation, en utilisant le terme ancien toujours présent, par exemple dans l'article 69 du code de la nationalité française: «Nul ne peut être naturalisé s'il ne justifie pas de son assimilation à la communauté française, notamment par une connaissance suffisante, selon sa condition, de la langue française»?

Le débat sur les termes n'est pas simple manie de chercheur, il est révélateur du «fond du débat». Non seulement le sociologue doit faire sienne la pensée de Pascal: « Je ne discute jamais du nom pourvu qu'on m'avertisse du sens qu'on lui donne », mais « bien souvent, la discussion sur le mot révèle le fond du débat »[3]. Au cours de la période de la formation de la sociologie, des années 1880 aux années 1950, l'« assimilation » fut d'abord utilisée aussi bien aux États-Unis qu'en France pour désigner le processus par lequel les nouveaux immigrés devenaient progressivement des membres de la société d'installation. C'est ce dont témoignent aussi bien des articles du droit de la nationalité français que l'utilisation du terme par Durkheim ou les chercheurs de l'École de Chicago. Le terme d'« intégration » était réservé par Durkheim au problème de la société dans son ensemble. Le fait que les recherches aient ensuite montré que l'assimilation des immigrés n'était pas un processus unique ou rectiligne, mais comportait des dimensions et des modalités différentes, impliquant des discordances entre ces divers processus, a conduit les sociologues à distinguer l'adoption des traits culturels de la société de la participation aux diverses instances de la vie sociale. À partir de cet acquis fondamental des recherches, le vocabulaire, après les années 1950, s'est diversifié. Le premier processus — l'adoption des traits culturels — a pu être qualifié, selon les auteurs, d'« acculturation », d'« assimilation », d'« assimilation culturelle » ou d'« intégration culturelle »; le second — la participation aux diverses instances de la vie sociale — d'« assimilation structurelle », d'« assimilation sociale », d'« intégration », d'« intégration sociale » ou d'« intégration structurelle ». Beaucoup d'auteurs américains ont conservé le concept d'assimilation en le précisant par un adjectif (assimilation structurelle, assimilation culturelle) ; la grande majorité des chercheurs français depuis une vingtaine d'années, en revanche, s'est ralliée à celui d'intégration. Une critique acérée avait en effet dénoncé l'assimilation comme un processus niant et détruisant les cultures d'origine des immigrés. En réalité ce n'était pas le cas : la politique dite d'assimilation n'impliquait pas que fussent supprimées les spécificités des populations récemment immigrées, ce qui n'est ni possible ni souhaitable ; elle impliquait qu'elles se maintiennent dans l'ordre du privé et ne s'expriment pas dans l'ordre politique, au sens large du terme. Mais l'esprit du temps avait changé. Selon les critiques adressées à l'assimilation, le terme, qui fut d'abord juridique, puis culturel, impliquait que l'étranger serait absorbé, comme digéré, dans la société d'installation, en perdant toute originalité et toute identité particulière. L'assimilation apparaissait dès lors connotée avec le nationalisme, le colonialisme et l'impérialisme. Mais, d'autre part, prôner une politique d'« insertion », terme qui fut mobilisé épisodiquement, en 1987, par le rapport d'une commission présidée par Stéphane Hessel au Commissariat général du Plan, *Immigration. Le devoir d'insertion*, ou une politique d'« incorporation » ou encore d'« accommodation » pouvait signifier que les étrangers installés et leurs descendants gardaient leur spécificité et formaient un groupe fermé qui ne participait pas aux échanges de la société d'installation — ce qui n'était conforme ni à l'observation des faits ni à l'idéologie des sociétés démocratiques. Étant donné les connotations liées à ces différents termes, on se rallia donc finalement à celui d'intégration aussi bien dans la vie publique que dans les milieux scientifiques. Cette décision n'était pas sans signification. Les chercheurs et les politiques entendaient manifester ainsi que la participation des descendants de migrants à la société d'installation n'impliquait pas qu'ils oubliassent ou qu'ils dussent oublier leur culture d'origine.

De plus, outre le fait que le terme est valorisé dans le langage courant (on « intègre » une grande école ou le service public), il présentait pour les chercheurs l'avantage de s'inscrire dans une tradition intellectuelle : il était légitimé par l'histoire de la pensée sociologique. Si le danger d'adopter un terme devenu central dans la vie publique est plus grand aujourd'hui qu'au cours des années 1980-1990, puisque la politique d'intégration a été officiellement adoptée, encore plus nettement qu'alors, par tous les gouvernants européens, on ne pouvait négliger la tradition des sociologues qui, depuis les travaux de Durkheim, se sont interrogés grâce à cette notion sur la formation et le maintien des entités collectives, sur les relations entre l'individu et le groupe. Il est vrai que le concept de régulation, c'est-à-dire de la production de règles, est aujourd'hui préféré par beaucoup de sociologues, parce que, plus que dans les autres sociétés historiques, l'intégration des individus n'est pas seulement le produit de la conformité de leurs conduites aux normes, mais de leur participation active à la vie collective, en particulier à l'invention de normes sociales. La société moderne est tendue vers l'avenir, elle se construit par les changements et les innovations, c'est en participant à ces innovations que les individus s'intègrent — au sens actif du terme. Parler d'intégration peut sembler impliquer que les comportements doivent se conformer à des normes déjà établies. Parler de régulation, c'est insister sur le rôle actif des individus, sur les processus, les échanges et les négociations entre les individus et les divers groupes, qui conduisent à élaborer de nouvelles règles. Les sociologues ont ainsi volontiers adopté le concept de régulation plutôt que celui d'intégration sans que cette décision renvoie nécessairement à un choix théorique.

Mais qu'on parle en termes d'intégration ou de régulation, il s'agit du même projet intellectuel. Né de l'inquiétude sur les nouvelles formes de vie sociale que suscitait la modernité, il consiste à comprendre les modalités spécifiques selon lesquelles s'entretient la vie collective dans les sociétés modernes. Si l'on souhaite adopter un vocabulaire plus à la mode, on dira que les sociologues se sont donné pour objectif d'analyser les manières dont les hommes démocratiques « font société » ou comment ils peuvent « vivre ensemble » ; ils entendent scruter la nature du « lien social » dans les sociétés « hypermodernes », « postmodernes » ou de « modernité tardive ». Qu'on évoque la régulation, l'intégration, le « faire société », le « vivre ensemble » ou le « lien social », l'interrogation reste la même, elle porte à la fois sur l'intégration des individus *à* la société et sur l'intégration *de* la société dans son ensemble.

S'agissant des migrants et de leurs descendants, les connotations du terme d'intégration sont pourtant devenues péjoratives. Alors que le mot avait d'abord servi à qualifier la vocation inclusive de la société — il avait donc un sens positif selon les valeurs démocratiques —, il a été ensuite dénoncé comme caractéristique du point de vue de dominants, imposant leurs normes à des dominés qui pourraient se réclamer d'une double culture, sans tenir compte de leur légitime recherche d'identité. En dehors même des valeurs ambiantes — l'authenticité de chaque individu et de chaque culture, le droit à la reconnaissance des différences —, les termes de la sociologie, qui conduisent à distinguer des catégories (de sexe, d'âge, d'origine, d'appartenance sociale...), sont rapidement perçus dans la vie sociale comme des termes de mépris, tant les hommes démocratiques tendent à percevoir toute forme de distinction comme discriminante. Quant aux descendants des migrants eux-mêmes, ils sont unanimes à dénoncer radicalement la notion elle-même, dans la mesure où, la politique dite d'intégration leur étant plus particulièrement destinée, elle aboutirait à les singulariser, donc à les stigmatiser : « Vous voulez que je m'intègre à quoi ? C'est mon pays la France ! », les sociologues sont nombreux à avoir entendu, lors de leurs enquêtes, cette exclamation indignée. Azouz Begag, sociologue et futur ministre délégué à la Promotion de l'égalité des chances auprès du ministre de l'Emploi, de la Cohésion sociale et du Logement en 2005, condamnait, en 2003, l'intégration en termes plus élaborés mais pas moins énergiques : « Désormais, dans les oreilles des habitants d'origine immigrée des quartiers, le mot *intégration* résonne difficilement, d'une manière agressive, insultante, presque provocante. À juste titre [...] Le mot intégration s'est fané. Il a séché, pour cause de trop d'inconsistance. Il ne colle plus du tout aux enjeux contemporains dans les quartiers sensibles. Dedans, les jeunes y sont. Au beau milieu. Dedans, ils y sont même nés ! Voilà pourquoi le mot intégration est devenu soudainement anachronique. Il a fait son temps. »[4]

Ce refus virulent des populations auxquelles est destinée la politique d'intégration conduit certains sociologues, justement attentifs à prendre en compte la subjectivité des acteurs sociaux, à récuser radicalement le terme. C'est la position, par exemple, que

Didier Lapeyronnie argumente avec talent. Selon lui, « ce mot fait l'unanimité contre lui car il a pris un sens politique. Pour le dire de manière lapidaire : l'intégration est le point de vue du dominant sur le dominé. Le dominant considère ainsi généralement que celui qui est dominé n'est pas intégré [...] Lorsqu'il est dit qu'ils ne sont pas intégrés, cela signifie notamment qu'ils ne participent pas suffisamment à la société et qu'ils sont mal élevés. Ils sont définis essentiellement par ce qu'ils ne sont pas, par le manque et la distance par rapport à une norme centrale. J'estime donc qu'il convient d'éviter ce mot d'intégration lorsqu'on parle du monde populaire français et de la population immigrante ou d'origine immigrée. Le poids politique du terme est, en effet, trop important, et le type de relations sociales qu'il implique et qu'il indique est trop pesant [...] Ceux qui définissent les situations ne sont pas ceux qui les vivent. »[5] « Évoquer l'intégration reflète un point de vue de classe moyenne très conservatrice, arc-boutée à certains privilèges, et qui ferme la porte. »[6]

C'est soulever là un problème fondamental auquel les sociologues ne cessent de s'affronter : comment recourir de manière rigoureuse aux mots qui appartiennent au vocabulaire social et politique et sont, en conséquence, inévitablement chargés de sens social ? La solution ne va pas de soi mais peut-on conclure dans le même sens et supprimer dans l'analyse sociologique tous les mots de la vie publique ? Peut-on se passer, à cause de son usage social, d'une notion centrale dans la pensée de Durkheim et transmise à des générations successives de chercheurs ? Si l'on refusait tous les mots de la vie sociale, que deviendrait le vocabulaire sociologique ?

D'ailleurs Didier Lapeyronnie, dans la suite du

même texte, ne peut éviter le terme qu'il « convient d'éviter », lorsqu'il propose une analyse en termes de « rapports sociaux, de rapports de pouvoir entre les groupes sociaux » et avance l'hypothèse que « les difficultés dont souffre la population ne sont pas dues à un problème d'intégration. J'ai même tendance à penser que c'est l'inverse qui se produit. Notre société intègre très fortement les personnes et agit comme une pompe qui aspire et refoule à la fois. Les habitants des quartiers populaires sont, en réalité, surintégrés à des univers symboliques, par exemple, le monde de la consommation, ou à des valeurs comme la réussite et l'argent »[7]. Dans un livre plus ancien, il avait également traité de la « question de l'intégration », des modèles de l'« intégration nationale », de l'« intégration et de la participation » des populations immigrées et des « politiques locales d'intégration » pour comparer les modalités selon lesquelles les populations immigrées et leurs descendants participaient à la vie collective en France et en Grande-Bretagne[8]. Il rejoint en cela les sociologues spécialistes de l'immigration. Après les efforts de clarification qui ont fait l'objet de nombre de déconstructions savantes autour des années 1990, le terme d'intégration a été en effet finalement retenu par la majorité d'entre eux, même si c'est avec force précisions et précautions. Les chercheurs veulent justement marquer ainsi leur distance à l'égard des acteurs politiques en évitant la confusion avec les politiques publiques de l'intégration, désormais adoptées par tous les responsables européens pour définir leur politique — après avoir qualifié la politique de l'Algérie française, ce qui contribue encore à le disqualifier dans notre pays.

Cela montre bien qu'on ne peut abandonner un

terme de la tradition sociologique parce qu'il est également employé dans les échanges sociaux avec un sens inévitablement politique : ne serait-ce pas le cas, par exemple, de classes sociales, de mobilité, de pauvreté, d'aliénation, de bourgeoisie, de culture ou de communauté ? Aucun concept n'est à l'abri des critiques, puisque aucun n'est indépendant de l'utilisation qui en est faite dans les débats publics. À quel terme non pollué par son usage social pourrait-on recourir ? Le sociologue ne peut inventer de nouveaux termes qui seraient incompréhensibles à tous, il ne peut que se servir des mots de la vie sociale en les critiquant (même si la critique n'est pas toujours entendue). Il ne peut qu'assumer cette difficulté intrinsèque, liée à son ambition même de comprendre les comportements des hommes, et donner à son propos la rigueur nécessaire en s'imposant pour règle de spécifier le sens qu'il donne aux mots de la langue courante. C'est d'ailleurs pour lui l'occasion de préciser sa propre pensée, puisque la discussion sur le mot révèle le « fond du débat ». Il importe de garder à l'esprit qu'un concept n'a pas de définition en soi, c'est un instrument d'intelligibilité : il doit être jugé sur sa valeur heuristique. Les accusations de racisme que s'adressent les chercheurs soit parce qu'ils redécouvrent le concept d'assimilation, soit parce qu'ils conservent le concept d'intégration en précisant qu'ils se réfèrent à la tradition sociologique, soit parce qu'ils le refusent, relèvent plus des rivalités personnelles que du débat scientifique. Ce qui s'impose au sociologue soucieux de contribuer à la connaissance rationnelle, c'est de définir le sens dans lequel il fait usage d'un concept et de vérifier si ce concept se révèle, dans la pratique de la recherche, plus ou moins fécond pour contribuer à l'intelligibilité des conduites des hommes.

Il est vrai que le risque de confusion entre le sens politique et le sens sociologique, présent dans toutes les recherches, est particulièrement élevé dans notre cas. Il convient donc de distinguer clairement entre les *politiques d'intégration* (au sens de *policy*, c'est-à-dire de l'ensemble des dispositions prises pour définir et appliquer une volonté politique) et le fait sociologique du processus d'intégration.

Les politiques publiques d'intégration des immigrés et de leurs descendants sont aussi souhaitables qu'inévitables, elles sont d'ailleurs devenues les politiques officielles de tous les pays européens. C'est le cas en France depuis qu'à la suite de la Commission sur la nationalité en 1987, la table ronde, réunie en mai 1990 par Michel Rocard, Premier ministre, posa les termes d'un « contrat d'intégration », que le Haut Conseil à l'intégration fut chargé de mettre en œuvre. Le premier rapport de cette nouvelle institution fut intitulé *Pour un modèle français d'intégration*. Le président de la République, dans le prolongement direct de ces premières décisions, annonça, peu après sa réélection, en octobre 2002, que le gouvernement allait élaborer une véritable « politique d'intégration » : il reprit l'idée, qui avait déjà été suggérée au milieu des années 1990 par le Haut Conseil à l'intégration, d'un « contrat d'accueil et d'intégration » qui fixerait les droits et les devoirs des nouveaux arrivants ; on développerait une politique de promotion sociale et professionnelle ; enfin, on créerait une autorité indépendante chargée de garantir l'égalité de traitement et de lutter contre les discriminations. Le contrat d'accueil et d'intégration est aujourd'hui proposé massivement aux nouveaux arrivés, 90 % d'entre eux le signent, même si la formation proposée (apprentissage des règles de la vie commune, cours de formation linguistique) n'est pas toujours suivie avec assiduité. Une Haute Autorité de lutte contre les discriminations et pour l'égalité (HALDE) a été également créée par une loi du 30 décembre 2004 pour lutter contre toutes les formes de discriminations (racisme, intolérance religieuse, sexisme, homophobie), ses pouvoirs ont été renforcés en 2006, puisqu'elle disposera désormais d'un pouvoir de transaction pénale. Un projet de loi, adopté en janvier 2006 en Conseil des ministres, «prévoit la création d'une Agence nationale pour la cohésion sociale et l'égalité des chances afin d'accroître la présence de l'État dans les quartiers sensibles, de concourir à la lutte contre les discriminations et de renforcer les actions d'intégration», il prévoit à ce titre «la reprise et la poursuite des actions du Fonds d'action et de soutien pour l'intégration et la lutte contre les discriminations (FASILD)»[9]. En Grande-Bretagne, le ministre de l'Intérieur travailliste, Roy Jenkins, avait déclaré, en 1972, qu'il s'agissait désormais de mener une politique d'intégration définie «non comme un processus d'assimilation "aplatissant" (*flattening*), mais comme l'égalité des chances (*equal opportunity*), accompagnée de la diversité culturelle, dans une atmosphère de tolérance mutuelle». Des commissions spécialisées sont chargées de lutter contre les discriminations raciales. À la suite des attentats de juillet 2005 à Londres, le ministre de l'Intérieur (*home office*) a annoncé la création d'une Commission sur l'intégration et la cohésion[10]. En Allemagne, où les responsables politiques ont longtemps refusé d'admettre que leur pays était devenu un pays d'immigration et où les aspirations au «multiculturalisme» ont été abondamment exprimées par la plupart des enseignants, chercheurs et travailleurs sociaux, la politique d'intégration a été officiellement adoptée depuis quelques années. Le Land de Rhénanie-du-Nord-Westphalie, par exemple, comporte un ministre de l'Intégration et annonce la création d'un Comité pour l'intégration composé de scientifiques, d'artistes, d'entrepreneurs et d'immigrés. Le gouvernement fédéral comprend également un sous-secrétaire pour l'intégration ainsi qu'un commissaire pour les migrations, les réfugiés et l'intégration. À la suite des émeutes de novembre 2005 en France, l'intégration est devenue l'un des objectifs essentiels du programme du gouvernement allemand. La nouvelle loi sur la nationalité de janvier 2000 fait une place au droit du sol et admet sous certaines conditions la double citoyenneté. Peut-on imaginer que des gouvernements démocratiques mènent des politiques d'exclusion, de marginalisation ou de déviance ? Les politiques qui, en Europe, ont été successivement qualifiées de politiques d'assimilation (jusqu'au début des années 1980) puis d'intégration (depuis cette date) ont, les unes et les autres, le même objectif, celui de la société démocratique : faire participer toutes les populations à la vie collective. En 1950, la revue *Population* ne définissait-elle pas l'assimilation comme « la libre participation à la vie collective sur un pied d'égalité »[11], ce qui pourrait aussi bien convenir à la définition de l'intégration en tant que politique ?

L'intégration au sens sociologique est, elle, évidemment problématique, c'est-à-dire qu'elle doit être l'objet de la réflexion critique et de la connaissance par la recherche. On doit adopter, s'agissant de l'intégration, la même distinction que Richard Alba et Victor Nee introduisent, en traitant du concept d'assimilation conservé aux États-Unis par la plupart des chercheurs, entre « programme normatif » et « processus social » : « En tant que programme normatif imposé par l'État et tendant à éradiquer les cultures minoritaires, l'assimilation a été répudiée à juste titre. Mais en tant que processus social survenant spontanément et souvent non intentionnellement dans le processus d'interaction entre majorité et groupes minoritaires, l'assimilation reste un concept clé pour l'étude des relations entre les groupes. »[12] Il ne faut pas confondre l'intégration comme résultat recherché ou proclamé des politiques publiques et l'intégration en tant que processus social susceptible, comme tout processus, d'avancées différentes selon les domaines, de décalages, de retournements, d'invention de modalités nouvelles ou de contre-tendances, toutes évolutions que les enquêtes permettent d'analyser. Les sociologies de l'intégration, qui s'attachent à observer et comprendre le sens de ces processus, ne sauraient être tenues, en tant que telles, pour conservatrices.

Les chercheurs doivent évacuer le sens que prend l'intégration dans la vie publique, tout en gardant conscience qu'il est impossible de l'évacuer complètement. Nombre d'entre eux, par exemple, affirment que la « fausse question » de l'intégration masquerait les véritables problèmes, à savoir les inégalités sociales et les discriminations dont les populations d'origine étrangère sont les victimes. C'est une critique qui peut être éventuellement fondée lorsqu'elle s'adresse à certains hommes politiques. Mais s'agissant de l'intégration au sens sociologique, aucun chercheur sérieux ne songerait à la réduire à sa seule dimension ethnique (ou « culturelle ») et négligerait la situation économique et sociale des populations marginalisées à un titre ou à un autre. Le débat sur le poids respectif des origines dites ethniques et des caractéristiques sociales sur les processus de stigmatisation et de marginalisation est au cœur de toute la sociologie des relations interethniques. Même si certains acteurs de la vie publique s'interrogent sur la distance et la compatibilité entre les cultures, l'emploi sociologique de l'intégration implique de manière nécessaire une analyse des situations et des rapports sociaux.

Le passage entre le sens sociologique et le sens politique, on le voit, est constant. Les chercheurs risquent toujours de céder à l'usage courant des termes qu'ils mobilisent. Inversement, quel chercheur peut se vanter d'être entendu, même de ses collègues, lorsqu'il affirme qu'il prend le terme dans son sens sociologique et non dans son sens politique ?

Par-delà les débats sur les mots, le questionnement sur l'intégration des sociétés fondées sur la légitimité de l'individu citoyen, lorsque ni la tradition ni la religion n'assurent plus les échanges entre les hommes, est au fondement même de l'interrogation sociologique. Quel est le sens de l'« intégration républicaine », principe ou philosophie de l'intégration sociale dans les sociétés de citoyens ? Comment est-on passé de l'« intégration », dans ce sens large, celui des fondateurs de la discipline qui, il y a plus d'un siècle, s'interrogeaient sur la nature du lien social dans les sociétés individualistes — interrogation transmise ensuite, de génération en génération —, à l'« intégration » désignant la seule participation des populations migrantes et de leurs descendants à la société dans laquelle ils sont installés ?

CHAPITRE PREMIER

La tradition de la pensée sociologique

La question de l'intégration formule l'interrogation, souvent inquiète, qui n'a cessé d'obséder philosophes et sociologues depuis l'émergence de la modernité et qui est à l'origine même du projet sociologique. La société moderne remet en question la légitimité de la tradition en tant que telle, en particulier religieuse. En même temps, la dynamique démocratique rend illégitime toute forme d'exclusion ou de discrimination : le projet de la modernité démocratique est d'intégrer tous les individus dans la société nationale en tant que citoyens libres et égaux. Comment dès lors entretenir ou restaurer les liens sociaux dans des sociétés fondées sur la souveraineté de l'individu, lorsque la tradition et la religion ne relient plus les hommes et que la citoyenneté abstraite constitue le principe de la légitimité politique en même temps que la source du lien social ?

Dans des termes différents, c'est l'interrogation à laquelle se sont confrontés tous les fondateurs de la pensée sociologique. Pour Auguste Comte, l'accord des esprits était nécessaire : il ne pouvait y avoir de société que dans la mesure où ses membres partageaient les mêmes croyances. Il importait donc de recréer le consensus qui ne pouvait plus être assuré par la religion commune. C'est à la science qu'Auguste Comte attribuait cette mission : elle devait rétablir l'homogénéité des convictions et des conduites et présider à l'ordre social comme les idées religieuses avaient présidé à l'ordre social du passé. Weber, de son côté, observant que les intérêts unissent moins les hommes que les passions communes, se demandait comment maintenir la foi et la liberté de l'homme — qui seules autorisent les véritables échanges — dans la société moderne désenchantée, dominée par la rationalité bureaucratique. Nous évoquerons ici ceux dont la réflexion a influencé le plus directement la connaissance dont nous disposons sur les processus d'intégration et de désintégration spécifiques aux sociétés modernes[1].

DE LA DIFFÉRENCIATION À LA COMPLÉMENTARITÉ

C'est Durkheim qui a posé le problème de l'intégration des sociétés modernes dans les termes qui ont été consacrés par les sociologues, à savoir que la seule citoyenneté commune, définie par l'égalité des droits civils, juridiques et politiques, ne suffit pas pour assurer concrètement le lien social. La solidarité abstraite née de la citoyenneté doit être aussi fondée sur l'ensemble des échanges entre les individus. Pour comprendre la société moderne, il faut donc s'interroger sur les relations qui s'établissent entre les hommes et sur les manières dont ils peuvent former une société.

Intégration mécanique et intégration organique

Durkheim constatait que la cohérence de la société n'est plus assurée par la « similitude » des hommes — ou solidarité « mécanique ». Alors que les groupes sociaux se multiplient et deviennent de plus en plus étrangers les uns aux autres tout en se hiérarchisant, que chaque sphère d'activité est régie selon des règles différentes, alors que l'organisation sociale se caractérise par la différenciation extrême des fonctions et des métiers, comment conserver la cohésion intellectuelle et morale qu'assurait la solidarité mécanique ? Comment rétablir les liens d'interdépendance dans les sociétés modernes où la spécialisation des fonctions sociales peut menacer les échanges qui unissent les hommes ? Ne risquent-elles pas de sombrer dans la fragmentation ? Il importe de retrouver le consensus, c'est-à-dire l'unité cohérente de la collectivité, non plus par l'uniformité d'hommes interchangeables — ou solidarité mécanique — mais par la complémentarité des fonctions qu'ils exercent — ou solidarité « organique ». Ce concept implique que les individus collaborent comme le font les divers organes du corps humain. De fait, dans les sociétés modernes, la différenciation des individus et des fonctions fonde un nouveau principe d'intégration, désormais fondée sur la liberté et la complémentarité des hommes. « Chacun dépend d'autant plus étroitement de la société que le travail est plus divisé, et, d'autre part, l'activité de chacun est d'autant plus personnelle qu'elle est plus spécialisée. »[2] Étant donné la différenciation sociale croissante des sociétés modernes, les échanges entre les individus sont renforcés par la division du travail et la coordination des fonctions qu'elle implique.

L'intégration de la société moderne — de type organique — ne concerne pas seulement la société en général, c'est-à-dire la société nationale, mais tous les groupes particuliers qui la composent. C'est ce que démontrent les variations du taux de suicide. Durkheim pose qu'il est d'autant moins élevé que les individus participent à ce qu'il appelle une « société » — religieuse, domestique ou politique — plus intégrée.

Les taux de suicide sont en effet plus élevés parmi les protestants que parmi les catholiques, plus élevés parmi ces derniers que parmi les juifs. Pour expliquer la différence entre les catholiques et les protestants, Durkheim souligne que la religion catholique est plus institutionnelle que les diverses Églises luthériennes ou calvinistes. Les prêtres et la hiérarchie y occupent une grande place, les dogmes et les sacrements rassemblent régulièrement les fidèles, les règles imposées par la religion sont plus contraignantes, la paroisse assure une présence régulière de l'Église auprès des fidèles. Les religions protestantes sont plus individualistes et plus intérieures, les contraintes extérieures sont minimes. Le fidèle protestant dépend moins d'une communauté religieuse que le catholique. Les interactions entre les catholiques sont fréquentes et le contrôle par le groupe est fort, alors que le protestant, libéré de la contrainte collective, est en même temps privé de la protection qu'offre une communauté solide ; cette dernière contrôle les comportements de ses membres, mais, en même temps, protège les individus. Quant aux juifs, la communauté est aussi contraignante que celle des catholiques, mais son effet est encore renforcé par la situation de minoritaires, unis par les persécutions. S'agissant de la société domestique, Durkheim constate que les gens mariés se suicident moins que les célibataires ou les veufs, mais que la protection apportée par la famille est plus grande quand le couple marié a des enfants. Enfin, dans la société politique, les taux de suicide baissent lors des « grandes commotions politiques » : lors des révolutions, des « troubles politiques » ou des « grandes guerres nationales ». « Nous avons donc établi successivement les trois propositions suivantes : le suicide varie en raison inverse du degré d'intégration de la société religieuse, de la société domestique, de la société politique. Ce rapprochement démontre que, si ces différentes sociétés ont sur le suicide une influence modératrice, ce n'est pas par suite de caractères particuliers à chacune d'elles, mais en vertu d'une cause qui leur est commune à toutes. Ce n'est pas à la nature spéciale des sentiments religieux que la religion doit son efficacité, puisque les sociétés domestiques et les sociétés politiques, quand elles sont fortement intégrées, produisent les mêmes effets ; c'est, d'ailleurs, ce que nous avons déjà prouvé en étudiant directement la manière dont les différentes religions agissent sur le suicide. Inversement, ce n'est pas ce qu'ont de spécifique le lien domestique ou le lien politique qui peut expliquer l'immunité qu'ils confèrent ; car la société religieuse a le même privilège. La cause ne peut s'en trouver que dans une même propriété que tous ces groupes sociaux possèdent, quoique, peut-être, à des degrés différents. Or la seule qui satisfasse à cette condition, c'est qu'ils sont tous des groupes sociaux, fortement intégrés. Nous arrivons donc à cette conclusion générale : le suicide varie en raison inverse du degré d'intégration des groupes sociaux dont fait partie l'individu. »[3]

Morphologie et morale

Pour définir l'intégration de toute « société », religieuse, domestique ou politique, Durkheim, on le voit, fait intervenir deux dimensions : le nombre des interactions entre les individus et le partage de valeurs communes. En d'autres termes, l'intégration d'un groupe se caractérise à la fois par des propriétés morphologiques et par son unité morale.

L'intégration est en effet le produit direct du nombre des individus de la société et de l'intensité de leurs interactions. « Cette préservation [du suicide] est d'autant plus complète que la famille est plus dense, c'est-à-dire comprend un plus grand nombre d'éléments. »[4] « La densité d'un groupe ne peut pas s'abaisser sans que sa vitalité diminue. Si les sentiments collectifs ont une énergie particulière, c'est que la force avec laquelle chaque conscience individuelle les éprouve retentit dans toutes les autres et réciproquement ; l'intensité à laquelle ils atteignent dépend donc du nombre des consciences qui les ressentent en commun [...]. Dire d'un groupe qu'il a une moindre vie commune qu'un autre, c'est dire aussi qu'il est moins fortement intégré ; car l'état d'intégration d'un agrégat social ne fait que refléter l'intensité de la vie collective qui y circule. Il est d'autant plus un et d'autant plus résistant que le commerce entre ses membres est plus actif et plus continu. »[5]

Outre le nombre de ses membres et de leurs interactions, l'intégration d'un groupe est aussi l'effet de l'acceptation et de la production de valeurs et de pratiques communes, de la formulation d'un but commun qui dépasse les intérêts immédiats des individus. « Ce qui constitue cette société [religieuse] c'est l'existence d'un certain nombre de croyances et de pratiques communes à tous les fidèles, traditionnelles et, par suite, obligatoires. »[6] « Les grandes commotions sociales comme les grandes guerres populaires avivent les sentiments collectifs, stimulent l'esprit de parti comme le patriotisme, la foi politique comme la foi nationale et, concentrant les activités vers un même but, déterminent, au moins pour un temps, une intégration plus forte de la société. Ce n'est pas à la crise qu'est due la salutaire influence dont nous venons d'établir l'existence, mais aux luttes dont cette crise est la cause. Comme elles obligent les hommes à se rapprocher pour faire face au danger commun, l'individu pense moins à soi et davantage à la chose commune. On comprend, d'ailleurs, que cette intégration puisse n'être pas purement momentanée, mais survive parfois aux causes qui l'ont immédiatement suscitée, surtout quand elle est intense. »[7] « Toute société est une société morale. »[8]

On peut formuler ces résultats en termes plus modernes, en adoptant le résumé que propose Philippe Besnard de la théorie durkheimienne de l'intégration : « Un groupe social sera dit intégré dans la mesure où ses membres : 1. possèdent une conscience commune, partageant les mêmes sentiments, croyances et pratiques (société religieuse) ; 2. sont en interaction les uns avec les autres (société domestique) ; 3. se sentent voués à des buts communs (société politique). »[9]

L'intégration ne doit pas soumettre l'individu au groupe en aliénant son autonomie (comme dans le cas du « suicide altruiste »), mais elle doit attacher l'individu au groupe ; elle doit être suffisante pour que l'individu soit relié au groupe mais pas excessive. C'est ainsi que la famille, la religion et la patrie «doivent toutes cette vertu à ce fait général qu'elles sont des sociétés et elles ne le sont que dans la mesure où elles sont des sociétés bien intégrées, c'est-à-dire sans excès ni dans un sens ni dans l'autre. Un tout autre groupe peut donc avoir la même action pourvu qu'il ait la même cohésion»[10].

C'est à partir de cette théorie qu'il faut comprendre le rôle accordé par Durkheim à l'éducation chargée de susciter entre les futurs citoyens la communauté d'idées et de sentiments sans laquelle une société politique cesse d'être intégrée. «La société ne peut vivre que s'il existe entre ses membres une suffisante homogénéité; l'éducation perpétue et renforce cette homogénéité en fixant d'avance dans l'âme de l'enfant les similitudes essentielles que réclame la vie collective.»[11] En ce sens d'ailleurs, toute éducation est socialisation: l'éducation consiste à nous faire croire que «nous avons élaboré nous-mêmes ce qui est imposé à nous du dehors»[12].

La théorie de Durkheim porte sur l'intégration des individus *à* la société (ou intégration tropique), puisque *Le Suicide* a pour idée centrale que les taux de suicide — indicateur d'anomie — sont d'autant plus faibles que les individus participent à des «sociétés», petites ou nationales, plus intégrées. L'intégration concerne donc toutes les sociétés particulières — famille, Église, société politique ou groupes professionnels — qui constituent la société nationale et tous les individus. Mais c'est également une caractéristique globale *de* la société individualiste menacée par l'anomie (ou dés-intégration systémique). La société moderne caractérisée par l'intégration organique comporte des risques de désagrégation. Durkheim observe une perturbation, une altération «morbide» de l'organisme social. Plus la société moderne encourage l'individu à exprimer sa propre personnalité, à être le plus irremplaçable des êtres pour reprendre l'expression d'André Gide, et à assouvir ses aspirations personnelles, plus il risque d'oublier la nécessité de la discipline inhérente à toute vie sociale. Or, il n'existe pas de société qui n'implique que les désirs et les attentes individuelles soient contrôlés par les contraintes du collectif. Toute société suppose que ses membres observent une certaine discipline, modèrent leurs passions et fixent des limites à leurs aspirations. Ces dernières ne peuvent pas ne pas connaître de bornes.

Si Philippe Besnard a montré que, pour Durkheim, l'intégration, définie comme l'intensité quasiment quantitative des relations entre les individus, se distinguait analytiquement de la normativité, ou production de règles sociales, il n'en reste pas moins que la distinction ne peut être maintenue lorsqu'il s'agit de procéder à des analyses portant sur des cas concrets. L'intensité des relations entre les individus conduit à l'élaboration de règles communes dont l'existence, à son tour, renforce l'intensité des relations interpersonnelles à l'intérieur du groupe, qui, à leur tour, accroissent le contrôle que le groupe exerce sur les individus. Lorsque l'intégration s'affaiblit, le taux de suicide augmente, c'est ce que Durkheim qualifie de « suicide égoïste », l'individu ne pensant plus qu'à lui-même. Lorsque la régulation s'affaiblit, le taux de suicide augmente, parce que l'individu ne connaît plus les règles qui contrôlent ses désirs infinis, c'est ce que Durkheim qualifie de « suicide anomique ». Mais, dans les faits, l'intégration (dont l'affaiblissement est révélé par les taux de « suicides égoïstes ») et la régulation (dont l'affaiblissement est révélé par les taux de « suicides anomiques ») sont étroitement et nécessairement liées.

Durkheim lui-même constatait ce lien: « Ils ne sont généralement que deux aspects différents d'un même état social; il n'est donc pas étonnant qu'ils se rencontrent chez un même individu. Il est même presque inévitable que l'égoïste ait quelque aptitude au dérèglement; car, comme il est détaché de la société, elle n'a pas assez de prise sur lui pour le régler. »[13] Dans *L'Éducation morale*, il formule les conditions de l'intégration sociale, qui implique, chez les individus, l'« attachement aux groupes sociaux » autant que l'« autonomie de la volonté », grâce auxquelles se maintiendra le nécessaire « esprit de discipline », autrement dit le respect des règles sociales.

Soulignons enfin que, pour Durkheim, l'interrogation sur l'intégration concernait la société en général. Pour analyser le cas particulier de la participation des étrangers et de leurs enfants, c'était le terme d'assimilation qu'il utilisait, comme ce fut très généralement le cas jusque dans les années 1980. Dans les sociétés à solidarité organique, il jugeait d'ailleurs que cette assimilation était « longue et complexe » : « Plus la solidarité est faible, c'est-à-dire plus la trame sociale est relâchée, plus aussi il doit être facile aux éléments étrangers d'être incorporés dans les sociétés. Or, chez les peuples inférieurs, la naturalisation est l'opération la plus simple du monde. [...] Le phénomène contraire s'observe là où les fonctions sont spécialisées. L'étranger, sans doute, peut bien s'introduire provisoirement dans la société, mais l'opération par laquelle il est assimilé, à savoir la naturalisation, devient longue et complexe. Elle n'est plus possible sans un assentiment du groupe solennellement manifesté et subordonné à des conditions spéciales. »[14] C'est l'éducation qui fera des enfants d'immigrés des nationaux, car « ce n'est pas assez d'une génération pour défaire l'œuvre des générations, pour mettre un homme nouveau à la place de l'ancien »[15].

Mauss adopte la même définition que Durkheim — même s'il parle plus souvent de cohésion sociale que d'intégration. S'agissant de la nation moderne, pourtant, il la définit bien par son intégration. Elle est intégrée par ses institutions, et d'abord par l'existence d'un pouvoir central : « L'organisation stable de la société politique marquée par la présence, la force et la constance d'un pouvoir central, c'est ce que Spencer appelait l'intégration et ce que l'on peut continuer d'appeler ainsi en distinguant les sociétés non intégrées, qui sont les sociétés à base de clans, et les sociétés intégrées. »[16] Il insiste sur les conditions institutionnelles de cette intégration : l'État central d'abord, les « frontières déterminées », c'est-à-dire les frontières d'une « race, d'une civilisation, d'une langue, d'une morale, en un mot d'un caractère national », et, surtout, l'absence de corps politiques intermédiaires (clans, cités, tribus, royaumes, domaines féodaux), la citoyenneté et la réciprocité des « prestations ».

« Nous entendons par nation une société matériellement et moralement intégrée, à pouvoir central stable, permanent, à frontières déterminées, à relative unité morale, mentale et culturelle des habitants qui adhèrent consciemment à l'État et à ses lois. »[17] « Il ne peut y avoir nation sans qu'il y ait une certaine intégration de la société, c'est-à-dire qu'elle doit avoir aboli toute segmentation par clans, cités, tribus, royaumes, domaines féodaux [...] Cette intégration est telle dans les nations d'un type naturellement achevé, qu'il n'existe pour ainsi dire pas d'intermédiaire entre la nation et le citoyen. »[18] « Une nation complète est une société intégrée suffisamment, à pouvoir central démocratique à quelque degré, ayant en tout cas la notion de souveraineté nationale et dont, en général, les frontières sont celles d'une race, d'une civilisation, d'une langue, d'une morale, en un mot d'un caractère national. »[19]

La nation moderne est intégrée par les pratiques de la citoyenneté : « La société tout entière est devenue à quelque degré l'État, le corps politique souverain ; c'est la totalité des citoyens [...] La Nation ce sont les citoyens animés d'un consensus. »[20] Il s'agit d'une véritable morale, car « ces deux notions de patrie et de citoyen ne sont, au fond, qu'une seule et même institution, une seule et même règle de morale pratique et idéale, et, en réalité, un seul et même fait capital et qui donne à la république moderne toute son originalité et toute sa nouveauté et sa dignité morale incomparable »[21]. Intégrée par sa « morale », son « unité morale, mentale et culturelle », sa « règle de morale pratique et idéale », sa « dignité morale incomparable », elle se constitue par les interactions et les échanges entre tous ses membres, suscités par les « enchevêtrements de générations, de sexes », « de clans » et par « des stratifications d'âges ». « Ainsi tous les groupes s'imbriquent les uns dans les autres, s'organisent les uns en fonction des autres par des prestations réciproques, par des enchevêtrements de générations, de sexes, par des enchevêtrements de clans et par des stratifications d'âges. »[22] L'intensité des relations entre les individus est bien une condition de l'intégration sociale et nationale.

Halbwachs, dans le même esprit, souligne le rôle des individus qui assurent l'intégration des divers groupes en entretenant les relations entre leurs membres et les valeurs qui les lient les uns aux autres. Même dans les familles « où l'esprit de famille est senti à des profondeurs inégales », l'un des membres se retrouve plus particulièrement «attaché aux traditions familiales, les comprend, en assure la continuité»[23]. Pour que se maintiennent les groupes, qu'il s'agisse de la famille, de la religion ou de la politique, il existe un «foyer», où agissent les plus convaincus: «De ce foyer il y en a qui s'approchent tout près, qui en reçoivent tout le rayonnement, qui sont les premiers et les plus actifs à l'alimenter»[24]. Ces individus ont un rôle central dans l'intégration du groupe parce qu'ils participent plus intensément aux valeurs et aux croyances communes: «Il faut qu'il y ait une région du groupe où elles [les opinions et les croyances] se renforcent au contraire et soient plus claires, plus manifestes et, dans cette région, quelques individus qui concentrent en eux ces croyances et ces opinions et chez qui elles aient une telle force qu'à partir d'eux elles ne cessent pas de rayonner dans tout l'ensemble»[25]. En conséquence, il appartient à ces individus de «réveiller la foi dans l'Église, l'esprit de famille dans le groupe domestique, et les convictions politiques au sein des partis»[26]. On retrouve cette analyse au niveau sociétal. La condition ouvrière consiste à être en relation avec la matière inerte et non avec les autres personnes, selon Halbwachs. Les ouvriers sont ainsi éloignés du foyer des valeurs collectives, là où les échanges entre les hommes entretiennent l'intégration sociale. Ils ont longtemps compensé cet éloignement par une intégration forte à et de la classe ouvrière. C'est cette intégration compensatoire qui s'est affaiblie et explique l'expérience douloureuse des ouvriers aujourd'hui[27].

La nature du lien social

Dans la tradition allemande, on s'est d'abord interrogé sur la nature du lien qui s'établissait entre les individus. C'est ce qu'a fait Tönnies en élaborant la distinction célèbre, reprise par Weber, entre le lien social qui est de l'ordre de la communauté (*Gemeinschaft*) et celui qui est de l'ordre de la société (*Gesellschaft*). Que cette opposition soit devenue un poncif de la littérature sociologique ne doit pas nous empêcher d'en voir la fécondité. Il ne faut pas la réduire à une opposition trop simple entre société traditionnelle et société moderne, selon laquelle la première, dominée par le principe de la *Gemeinschaft*, serait fondée sur les relations directes et émotionnelles caractéristiques des groupes familiaux, villageois ou communautaires et la seconde, dominée par le principe de la *Gesellschaft*, serait atomisée, rationaliste, bureaucratique et individualiste. Ces deux modalités de l'intégration peuvent se retrouver dans toute société concrète.

Tönnies a fondé l'opposition entre «communauté» et «société» en manifestant sa sympathie à la première, naturelle et vivante, alors que la seconde est, pour lui, mécanique et artificielle: «Ce qui de tout temps a fait le prix de la vie à la campagne, c'est que la communauté y est plus forte et plus vivante entre les hommes: la communauté est la vie commune vraie et durable; la société est seulement passagère et apparente. Et l'on peut, dans une certaine mesure, comprendre la communauté comme un organisme vivant, la société comme un agrégat mécanique et artificiel.»[28] La «communauté» reflète, selon lui, un état social originel, dans lequel les solidarités fondées sur les relations «de sang» prédominent, ce dont témoigne la force des liens qui unissent la mère à l'enfant, l'époux à l'épouse dans la mesure où il s'agit d'une « relation animale », les frères et les sœurs les uns aux autres. Cette communauté de sang se traduit par une communauté de lieu et, en particulier, par l'habitation commune. En dehors des liens familiaux, le voisinage et l'amitié créent également des liens de type communautaire. Mais « c'est seulement dans les liens du sang que se présente de la façon la plus immédiate l'unité et, par suite, la possibilité d'une communauté des volontés humaines », « le rapprochement spatial », et « le rapprochement spirituel » ne font que s'en rapprocher[29]. La vie communautaire assure des relations pleines et totales dans lesquelles les individus engagent leur être tout entier. Elle permet l'accord des sentiments élémentaires et profonds, la solidarité complète entre ses membres.

À l'unité essentielle de la « communauté » s'oppose la « société », c'est-à-dire un « groupe d'hommes qui, vivant et demeurant, comme dans la communauté, d'une manière pacifique les uns à côté des autres ne sont pas liés organiquement mais sont organiquement séparés ; tandis que, dans la communauté, ils restent liés malgré toute séparation, ils sont, dans la société, séparés malgré toute liaison [...] Ici chacun est pour soi et dans un état de tension vis-à-vis de tous les autres [...] Personne ne fera quelque chose pour un autre, personne ne voudra accorder ou donner quelque chose à un autre, si ce n'est en échange d'un service ou d'un don estimé au moins équivalent au sien »[30]. Dans ce groupement artificiel qu'est la « société », chacun est essentiellement isolé, séparé des autres. La vie commune est désormais réglée par le contrat, c'est-à-dire par la résultante de deux volontés qui composent pour un temps défini sur un sujet précis. La coopération entre les individus passe par ces accords limités et provisoires qui ne remettent pas en question l'indépendance fondamentale de chacun d'eux. C'est pourquoi la société civile devient essentiellement une société d'échanges où, selon la formule d'Adam Smith citée par Tönnies, « chacun est commerçant ». Les hommes y développent leur volonté de gain et de puissance, la politique naît ainsi que la lutte de classe, les liens organiques se dissolvent, les hommes risquent d'être uniquement mus par leur seule ambition, sans scrupule et sans loi.

L'opposition entre « communauté » et « société » repose sur l'opposition entre la volonté organique, expression de la nature même, et la volonté réfléchie, qui part d'un but abstrait et définit les meilleurs moyens d'y parvenir : « La volonté organique porte en elle les conditions de la communauté et la volonté réfléchie produit la société. Par suite aussi le domaine de la vie et du travail communautaire convient de préférence et même nécessairement aux femmes. La maison est le lieu propre ou familier et naturel de leurs agissements, non le marché ou la rue », en d'autres termes, « la communauté est le sujet constitué par la liaison des volontés organiques, la société un sujet constitué par la liaison des volontés réfléchies »[31]. Les groupements humains se comprennent par la volonté des hommes qui les forment.

Tönnies reste dans une perspective historique, sinon évolutionniste, dans la mesure où il caractérise l'évolution historique par le « mouvement du statut au contrat », autrement dit par l'évolution de la « communauté » vers la « société ». Il voit dans la grande ville « tout simplement le type de la société. Elle est, par suite, essentiellement une ville commerciale, et, dans la mesure où le commerce y gou verne le travail productif, elle est une ville industrielle. [...] elle est enfin la ville de la science et de la culture comme allant toujours de pair avec le commerce et l'industrie »[32]. Il peut donc résumer l'évolution historique du monde en distinguant « deux ères qui se font face dans les grands développements culturels : l'ère de la société suit celle de la communauté. Celle-ci est caractérisée par la volonté sociale comme concorde, coutume et religion ; celle-là par la volonté sociale comme convention, politique et opinion publique »[33]. Il existe le temps de la « communauté » et le temps de la « société », le temps du lien « communautaire » et le temps du lien « sociétaire ». Le premier est caractéristique du monde traditionnel des communautés familiales et villageoises dont les premières villes sont de simples extensions. Mais le temps de la « société » incarnée par la grande ville industrielle et commerciale, où les hommes n'entrent en relation que de manière partielle et provisoire, lui succédera nécessairement. L'histoire démontre la victoire inéluctable de la « société » sur la « communauté ». « Dans la première ère, la vie familiale et l'économie domestique donnent le ton fondamental, dans la seconde, ce sont le commerce et la vie de la grande ville. Mais si nous considérons de plus près l'ère de la communauté, nous y distinguons plusieurs époques. Son développement tout entier est un rapprochement progressif vers la société ; mais d'autre part la force de la communauté, quoique diminuant, se maintient dans l'ère de la société et y reste une réalité de la vie sociale. [...] La seconde époque est donnée quand les villes se développent à partir des villages. [...] Pendant l'ère de la communauté ce principe spatial plus récent reste cependant lié au principe temporel plus ancien. Dans l'ère sociale, il s'en détache et c'est en cela que consiste l'existence de la grande ville. On peut comprendre ainsi dans quel sens la marche entière du développement peut être considérée comme une tendance progressive vers la vie et l'être urbains. »[34]

La solidarité profonde qui unit les membres de la famille ou de la communauté villageoise sera remplacée par les liens abstraits et juridiques au fur et à mesure que se développe et se complexifie une « société » dont la grande ville est l'illustration la plus pure.

Si Tönnies utilise l'opposition entre la « communauté » et la « société » en des termes qui restent historiques, Max Weber mobilise la même distinction de manière essentiellement analytique. La « communalisation » (*Vergemeinschaftung*), ou formation d'une « communauté », et la « sociation » (*Vergesellschaftung*), ou formation d'une « société », sont, pour lui, des concepts analytiques — ou des types idéaux —, non des réalités historiques[35]. Les sociétés concrètes, en conséquence, comportent des traits qui relèvent de l'une et de l'autre logique, même si tendanciellement la logique de la « société » s'étend dans les sociétés modernes. Mais cette évolution, d'ordre macrosociologique, se concilie avec des formes sociales dans lesquelles la logique de la « communauté » reste prédominante. Il ne s'agit pas seulement de survivances qui seraient destinées à disparaître au fur et à mesure que s'étend la logique propre à la « société ». Les liens à l'intérieur de la famille, par exemple, restent de l'ordre de la *Gemeinschaft*. Le renouveau de la logique « communautaire » qu'on observe aujourd'hui, par exemple dans les « nouveaux mouvements religieux » ou dans la réapparition des passions ethniques, s'inscrit dans le cadre de l'analyse wébérienne.

Weber lui-même note que sa distinction entre «communalisation» et «sociation» «rappelle» celle de Tönnies, mais sur un mode moins «spécifique». Son objectif est de caractériser la nature des rapports entre les hommes lorsque se constituent les groupes sociaux. Le processus d'intégration peut aboutir à créer des groupes, dont les uns se conforment à la logique de la «communauté» et les autres à la logique de la «société». L'analyse ne porte pas sur un état, mais sur un processus: la constitution, au sens actif du terme, d'une «communauté» (ou «communalisation») et d'une «société» (ou «sociation»). Dans le premier cas, le fondement du groupe est un sentiment vécu d'appartenance à un groupe, pour des raisons traditionnelles, affectives ou émotionnelles. La famille en constitue «le type le plus commode», mais une communauté spirituelle de frères, une relation érotique, une relation fondée sur la piété, une communauté nationale ou un groupe uni par la camaraderie en offrent d'autres exemples. Dans le second cas, le lien est contractuel, il relie les hommes pour des raisons d'intérêts, au sens large du terme. La «sociation» se fonde sur une entente rationnelle et un engagement mutuel. Les types les plus «purs» en sont l'échange rationnel sur le marché fondé sur le libre accord des acteurs, l'association à but déterminé établie par libre accord des associés en vue d'obtenir par une activité précise un résultat donné, et l'association fondée sur une conviction commune de ses membres en vue de servir la «cause». Weber ne décrit pas des groupements particuliers ou des entités sociales, il analyse la logique selon laquelle se forment les groupes humains et les orientations des relations entre les hommes. Si les processus de sociation sont sans doute plus nombreux dans les sociétés modernes que les formes de communalisation, ils ne les caractérisent pas de manière exclusive. La réalité sociale est formée d'un entrelacs de liens sociaux qui relèvent les uns de la logique de la communalisation et les autres de la sociation, beaucoup pouvant être interprétés selon les deux logiques. « La grande majorité des relations sociales ont en partie le caractère d'une communalisation, en partie celui d'une sociation »[36]. La relation la plus rationnelle peut faire naître des valeurs sentimentales. Inversement une relation sociale, conforme au type de la « communalisation », peut être orientée dans un sens rationnel. La famille peut aussi être « exploitée comme une "sociation" par ses membres »[37].

La théorie sociologique de l'interdépendance de Norbert Elias prolonge l'ambition de Max Weber de caractériser les liens qui unissent les individus dans les sociétés modernes à l'intérieur d'une analyse de la trajectoire de la civilisation occidentale. « Il faut chercher, au-delà (de l'opposition entre individu et société), une nouvelle conception de la manière dont les individus sont liés les uns aux autres, en bien comme en mal, au sein d'une multitude qui est la société »[38] ou, en d'autres termes, il faut « comprendre comment la multitude d'individus isolés forme quelque chose qui est quelque chose de plus et quelque chose d'autre que la réunion d'une multitude d'individus isolés — autrement dit, comment ils forment une "société" et pourquoi cette société peut se modifier de telle sorte qu'elle a une histoire qu'aucun des individus qui la constituent n'a voulue, prévue ni projetée telle qu'elle se déroule réellement »[39].

L'histoire de la civilisation de l'Occident se caractérise, selon Elias, par une intégration des hommes toujours plus large et plus intense : les mécanismes d'intégration « s'orientent vers l'intégration d'unités sans cesse plus grandes ». La différenciation croissante des fonctions sociales et le processus de monopolisation du pouvoir légitime par l'État ont abouti à rendre les relations entre les individus plus denses et plus complexes. Chacun d'entre eux « vit constamment dans un rapport de dépendance fonctionnelle avec d'autres individus ; il fait partie des chaînes que constituent les autres, et chacun des autres — directement ou indirectement — fait partie des chaînes qui le lient lui-même. Ces chaînes ne sont pas aussi visibles et tangibles que des chaînes de fer. Elles sont plus élastiques, plus variables et changeantes, mais elles n'en sont pas moins réelles et certainement pas moins solides. Et cet ensemble de fonctions que les hommes remplissent les uns par rapport aux autres est très précisément ce que nous appelons "la société" »[40].

Les individus sont reliés les uns aux autres par des chaînes de dépendance réciproque et ce, à différents niveaux : la classe, le groupe thérapeutique, le café, le jardin d'enfants, le village, la ville ou la nation, pour reprendre les exemples donnés par Elias lui-même. Aucun être humain, quels que soient sa marginalité ou son isolement apparents, n'échappe à ces liens, qui peuvent être concrets, les relations directes entre deux individus, ou abstraits, les liens juridiques ou politiques.

« Chacun des êtres qui se croisent dans la rue, apparemment étrangers et sans relations les uns avec les autres, est, ainsi, lié par une foule de chaînes invisibles à d'autres êtres, que ce soit par des liens de travail ou de propriété, des liens instinctifs ou affectifs. Des fonctions de l'ordre le plus divers le rendent, ou ont rendu, les autres dépendants de lui. Il vit et a vécu depuis sa plus petite enfance dans un réseau de dépendances qu'il ne peut rompre ni modifier d'un coup de baguette magique, qu'il peut uniquement changer dans la mesure où la structure même de ce réseau le permet; il vit dans un tissu de relations fluctuantes qui entre-temps se sont, au moins partiellement, imprégnées en lui et font sa marque personnelle... cette interdépendance fonctionnelle revêt dans chaque groupe humain une structure très spécifique.»[41]

Ces chaînes d'interdépendance sont plus ou moins longues et plus ou moins directes selon qu'il s'agit d'un groupe immédiat ou de la nation, mais les individus n'existent pas en dehors de l'ensemble de ces liens, concrets et abstraits, qui les relient les uns aux autres, et la société n'existe pas en dehors d'eux. Le monde social n'est en effet lui-même qu'un tissu de relations réciproques. «Comme au jeu des échecs, toute action accomplie dans une relative indépendance représente un coup sur l'échiquier social, qui déclenche infailliblement un contrecoup d'un autre individu (sur l'échiquier social, il s'agit en réalité de beaucoup de contrecoups exécutés par beaucoup d'individus) limitant la liberté d'action du premier joueur.»[42] La personnalité des membres de la société en dépend étroitement, car «ce qui marque et lie l'individu au sein de ce cosmos humain — et ce qui lui donne en même temps le cadre de sa vie — ce ne sont pas simplement les réflexes de sa nature animale, mais l'inéluctable interdépendance entre ses désirs et son comportement et ceux des autres hommes, les vivants et les morts, et d'une certaine façon même ceux qui ne sont pas encore nés; c'est, en un mot, sa dépendance à l'égard des autres, les fonctions des autres pour lui et sa fonction pour les autres»[43]. La liberté et le pouvoir d'un individu se mesurent à sa capacité d'agir sur le réseau d'interdépendances dans lequel il est inscrit. Le contrôle toujours accru des passions et des émotions, l'autocontrainte que s'imposent les individus, qui caractérisent le processus de «civilisation» de l'Occident, ont donné naissance à un individu dont «les structures de l'intériorité» ne peuvent être comprises qu'à la lumière de l'histoire de la société humaine; l'individu et la société ne peuvent se comprendre que dans leur interdépendance, ils sont indissociables. L'intégration du premier *à* la société est inséparable de l'intégration *de* cette dernière.

L'INTÉGRATION NORMATIVE

Plus que sur la nature du lien social, les sociologues américains se sont interrogés sur l'intégration sociale en termes directement politiques. Comment faire une nation unique à partir de populations issues du monde entier? Mais, de manière significative, cette interrogation a été en même temps une étude des différentes formes de marginalité, une réflexion à la fois sur l'absence de normes consécutives aux migrations (la «désorganisation sociale») et sur la violation des normes collectives (la délinquance).

La «désorganisation sociale»

Les sociologues qui ont constitué ce qu'on a appelé l'École de Chicago entre 1920 et 1935 et fondé la tradition de la sociologie américaine s'interrogeaient sur les processus par lesquels des populations dont l'immigration était proche pourraient constituer une société unique et unie — processus alors appelé d'assimilation, comme en France à la même époque. Ils traduisaient l'interrogation de la société américaine sur elle-même. S'inscrivant à l'intérieur du paradigme de l'assimilation, ils se donnaient pour objet d'analyser les rythmes, les dimensions et le sens de ces processus. Comment gérer la cohabitation et les conflits entre communautés ethniques et raciales ? Comment résoudre, en particulier, ce qui a été désigné jusque dans les années 1960 comme le « problème noir », qui apparaissait étroitement lié aux formes diverses de la marginalité sociale, criminalité, taux de naissances illégitimes, toxicomanie ? Les sociologues se sont efforcés de traiter ces problèmes de manière scientifique, en espérant contribuer à leur apporter des solutions. Leurs interrogations ont été d'abord formulées par les sociologues de l'École de Chicago, mais elles n'ont cessé de dominer les travaux des sociologues américains par-delà le cercle des spécialistes des relations interethniques et des problèmes urbains, dans la mesure où il s'agissait de l'existence et de l'intégration de la société américaine. Les relations entre communautés ethniques et raciales et les problèmes nés dans les villes, telles la ségrégation, la pauvreté, la délinquance ou la violence, ont toujours suscité les grandes recherches sociologiques sur l'intégration de la société américaine.

La première étape fut celle du livre de William Thomas et Florian Znaniecki (1888-1956), *The Polish Peasant*[44] ; cet ouvrage introduisit les recherches sur la « désorganisation sociale » qui se développèrent à l'université de Chicago entre les deux guerres mondiales. Les deux auteurs entendaient démontrer que l'état mental des immigrants, souvent fragile, ne tient pas à leur race, mais qu'il est directement lié aux changements sociaux intervenus dans leur vie quotidienne à la suite de la migration. Pour analyser ces changements, ils introduisirent le concept de « désorganisation », pour désigner l'affaiblissement de l'influence des normes sociales sur les membres du groupe. Transplantés en Amérique, nombre de ces Polonais, élevés dans des groupes primaires où les conduites dépendaient étroitement des règles imposées par le collectif, avaient des comportements déviants : violences, instabilité professionnelle, ruptures de la vie conjugale chez les migrants, délinquance de leurs enfants. Ils ne pouvaient plus respecter les règles d'une société qu'ils avaient quittée, ils n'avaient pas adopté celles de la société dans laquelle ils étaient arrivés. La désorganisation n'était pas pour eux le produit de l'immigration, c'était, au contraire, parce que la société polonaise paysanne traditionnelle, au niveau familial et communautaire, s'était désorganisée qu'elle avait provoqué l'émigration. Une fois en Amérique, les immigrés ne reconstituaient pas la société d'origine, ils réorganisaient de nouvelles formes de vie sociale issues de l'éducation américaine, de la répartition de l'espace urbain par nationalité d'origine, de la solidarité entre les immigrés et de l'influence qu'exerçait la presse locale en langue polonaise. C'était une phase de « réorganisation », pendant laquelle les migrants réaménageaient progressivement de nouvelles règles et de nouvelles institutions. Ils n'étaient pas complètement assimilés à la société d'accueil, dans la mesure où subsistaient des éléments réorganisés de la culture d'origine. Ainsi se constituait une communauté polono-américaine, qui favorisait l'assimilation progressive des immigrés — à la fois inévitable et souhaitable. Les immigrés un jour s'émanciperont de leur appartenance à leur communauté particulière. Tout en continuant à participer à la vie communautaire et à parler leur langue d'origine, ils apprendront la langue, l'histoire et les idéaux de la société d'accueil. L'américanisation de masse des immigrés passe par l'appartenance à des groupes ethniques qui se modifient progressivement et aident les individus à s'adapter par étapes à la vie collective de la société d'accueil. On le voit, ce livre fonde à la fois les recherches sur la marginalisation sociale et sur l'intégration des immigrés dans leur nouvelle société.

Structure sociale et structure culturelle

Les sociologues ont toujours posé le problème de l'intégration en faisant intervenir la structure sociale. Sorokin, dès les années 1930, avait introduit la distinction entre l'intégration sur la base de l'interdépendance fonctionnelle liée à la division du travail — soit la «structure sociale» — et les systèmes culturels intégrés par une cohérence interne logique et sensée — soit la «culture». Cette distinction, fondamentale, même si elle est formulée dans des vocabulaires différents, n'a cessé d'être au cœur de la sociologie de l'intégration.

On la retrouve au fondement de la typologie élaborée par Merton pour caractériser les modes d'adaptation des individus, selon leur position dans la structure sociale, à la configuration culturelle dominante. Rappelons rapidement les termes d'une analyse, devenue classique, pour comprendre les modalités de l'intégration dans la société américaine de l'époque. Les modes d'intégration des individus dépendent, selon Merton, de deux variables culturelles: la première, les buts culturels ou les aspirations culturelles des individus ; la seconde, les normes institutionnelles ou les voies d'accès à ces buts. Ils dépendent aussi d'une troisième variable, elle structurelle, les moyens institutionnels, c'est-à-dire la distribution objective des chances d'accès à ces buts culturels, produit direct de la structure sociale. Dans une première version de sa typologie (1938), Merton voit une contradiction essentielle dans le décalage entre les buts culturels et les normes institutionnelles ; dans des versions plus tardives (1957 et 1964), il élabore sa typologie à partir des décalages entre les buts culturels et les moyens institutionnels, donc la variable structurelle[45]. Malgré les ambiguïtés des formulations successives du texte, bien analysées par Philippe Besnard, Merton consacre la distinction entre structure culturelle et structure sociale. La première est définie comme « cet ensemble organisé de valeurs normatives régissant le comportement qui est commun aux membres d'une société ou d'un groupe donnés » ; la seconde comme « l'ensemble organisé des relations sociales dans lesquelles les membres de la société ou du groupe sont diversement impliqués ». L'anomie, ou la désintégration sociale — donc les phénomènes de délinquance qui en résultent —, naît des décalages qui existent entre les buts culturels et les moyens institutionnels, autrement dit, des décalages entre structure sociale et culturelle — décalages qui engendrent des frustrations. C'est la « rupture dans la structure culturelle, qui se produit en particulier lorsqu'il existe une discordance aiguë entre les normes et buts culturels et les possibilités déterminées socialement des membres du groupe d'agir conformément à eux ». La distorsion entre structure culturelle et structure sociale entraîne diverses formes de déviance. Tous les Américains souhaitent devenir riches, mais tous ne disposent pas, en raison de leur position sociale, des chances objectives d'y parvenir en utilisant des moyens licites. Si la délinquance des jeunes de catégories sociales modestes augmente, c'est qu'ils partagent les aspirations des classes moyennes — devenir riches — mais qu'ils ne disposent pas des moyens licites de les réaliser. La discordance entre les buts et les moyens explique les modes d'adaptation des individus aux normes collectives, c'est-à-dire de la part de conformité et de déviance qui interviennent dans leurs comportements.

Merton distingue donc, dans une typologie de ces modes d'adaptation individuelle, cinq attitudes : conformisme, innovation, ritualisme, retrait et rébellion. Le conformisme se définit par la « conformité aux buts culturels en même temps qu'aux moyens institutionnalisés », il caractérise souvent les classes supérieures ; c'est le type le plus fréquent, celui qui assure la stabilité de la société. Les individus qui se conforment au type de l'innovation, majoritairement issus des classes modestes, utilisent, eux, des moyens illicites pour atteindre leurs buts culturels, ils ont des comportements déviants ou même délinquants. Ceux qui se conforment au type du ritualisme, plus souvent issus des classes moyennes, privilégient les moyens au détriment des buts culturels, ils abaissent leurs aspirations au point de pouvoir les satisfaire. Ceux qui rejettent à la fois les buts culturels et les moyens institutionnels, en adoptant l'attitude de retrait, deviennent des a-sociaux, clochards, alcooliques, drogués, etc. Ils ont intériorisé les buts culturels communs, mais ne disposent d'aucun moyen de parvenir à les réaliser. Enfin les derniers, en situation de rébellion, rejettent les buts et les moyens et se situent à l'extérieur du système culturel — ce qui met cette forme d'« adaptation » sur un autre plan que les autres. Quels que soient les critiques qui ont été portées sur cette analyse et les prolongements qui lui ont été apportés par d'autres chercheurs, il importe de montrer ici que le problème de l'intégration a été posé à partir des décalages entre valeurs, normes et structure sociale.

C'est aussi ce que fait Parsons, même s'il reprend la problématique durkheimienne, à savoir la différenciation à l'intérieur de la société et la nécessaire coordination de l'action des hommes. L'interrogation sur l'intégration normative est l'un des thèmes centraux de son œuvre. L'anomie est, pour lui, l'état de désorganisation dans lequel l'emprise des normes sur les conduites individuelles s'est effondrée. Pour qu'une société soit intégrée, et que s'établissent les interactions nécessaires entre les individus, il importe qu'ils partagent un univers symbolique et normatif commun. Les règles de la vie collective doivent se référer aux mêmes valeurs. La société est intégrée quand ces valeurs communes sont institutionnalisées dans les éléments structurels du système social. On retrouve ainsi les termes de la typologie de Merton et le rapport entre structure sociale et structure culturelle. Parsons prétend en effet reprendre pour l'essentiel la typologie de Merton afin d'élaborer une typologie de la déviance à partir de la combinaison des positions sur deux axes, celui de l'activité-passivité et celui de la conformité-aliénation. Pour lui, la conformité selon Merton serait située au point d'équilibre des deux axes. Le rapport aux normes qui induit les différentes formes de déviance peut être analysé à divers niveaux. Au plus général, ce sont les normes qui s'appliquent à des catégories de personnes, comme les hommes et les femmes ; puis, les formes normatives des collectivités telles

les entreprises et les écoles; enfin, les normes à l'intérieur des collectivités particulières, tels les rôles de père et de mère, ou encore d'enseignant et d'élève. Des sanctions existent à tous les niveaux quand les normes ne sont pas respectées. L'intégration sociétale est le produit de ces intégrations successives dans les divers sous-systèmes. Parsons entend rendre compte à la fois de la différenciation croissante des domaines et des fonctions dans la société moderne et de l'intégration concomitante des divers sous-systèmes du système général de l'action. C'est par le processus de socialisation, c'est-à-dire un apprentissage continu, que l'individu intériorise progressivement les normes collectives et compense les effets possibles de la dissociation des différents éléments de la vie collective. Toute coordination des actions des individus repose sur la socialisation commune qui permet l'adéquation suffisante entre la culture, la société et la personnalité. Chez Parsons, l'idée de société intégrée devient le critère sociologique du bien et du mal; les exigences du fonctionnement de la société risquent de devenir la morale du sociologue.

Conformité aux normes

L'abondante littérature consacrée, entre les années 1950 et 1960, aux phénomènes de déviance — délinquance juvénile, criminalité, toxicomanie ou vagabondage (les *hobos*) — mobilise la même définition de l'intégration par la conformité des comportements des individus à un système de normes. Les sociologues ont d'abord montré que les jeunes délinquants sont caractérisés par l'affaiblissement des liens qui devraient les attacher à la société — en d'autres termes par leur faible intégration. Selon Travis Hirschi, par exemple, les composantes du lien, qui devrait unir l'individu à la société, sont au nombre de quatre : 1. L'attachement à autrui qui motive l'individu à tenir compte des attentes des autres. 2. L'engagement de l'adolescent dans un projet académique ou professionnel qui lui donne des raisons d'éviter ce qui pourrait en compromettre la réalisation. 3. L'implication dans des activités qui lui laissent peu de loisirs. 4. La conviction que les lois doivent être respectées. L'adolescent sombre dans la délinquance quand ces liens, par lesquels il est relié à la société, sont affaiblis[46]. On trouve le même type d'analyses s'agissant des toxicomanes.

Dans une seconde étape, on a montré la conjugaison de faible et de forte intégration qui caractérise les jeunes délinquants. Il s'agit, dans leur cas, plus d'une « socialisation différentielle » que d'une absence de socialisation. Edwin Sutherland et Donald Cressey insistent sur le caractère appris de la délinquance qui se transmet dans des petits groupes, dont les membres entretiennent des relations constantes et intenses. C'est à l'intérieur de ces groupes, fortement intégrés, que les adolescents des classes populaires apprennent les techniques de délinquance, mais surtout qu'ils sont socialisés par un système de valeurs opposé à celui de l'ordre social. Ce n'est pas la faible intégration qui explique la délinquance, mais la contradiction entre la forte intégration des individus au sous-groupe délinquant combinée à leur faible intégration à la société globale[47]. Albert Cohen, de son côté, souligne les caractéristiques de la sous-culture des adolescents délinquants, qui est non utilitaire, négativiste, agressive, marquée par un hédonisme à court terme. Elle s'inspire de la culture dominante mais en retourne volontairement le sens. C'est une réponse aux frustrations sociales que ressentent les enfants des milieux populaires, qui n'ont pas les moyens nécessaires pour s'adapter à un monde dont les valeurs sont celles de la *middle class*[48], c'est une conséquence des échecs de l'intégration sociale. Les délinquants intériorisent les valeurs et respectent les normes du sous-groupe auquel ils participent, ils ont hérité d'une sous-culture qui est d'abord une contre-culture, contraire aux valeurs et aux normes de la société globale. L'intégration à la communauté délinquante compromet l'intégration à la société globale.

Les sociologues de la déviance, tout au long des années 1950-1970, ont pensé l'intégration dans les termes des conflits de valeurs et de normes ; l'intégration de la société était pour eux le produit de l'intégration des individus aux sous-systèmes constituant la société globale. En adoptant comme concept central l'anomie, ils tendaient à assimiler intégration et régulation, à faire de l'intégration sociale le produit de la conformité des pratiques et des conduites des individus aux règles de la société globale. Les indicateurs utilisés à cette période par tous les sociologues pour mesurer la déviance, taux de criminalité, de divorce, de naissances illégitimes et de suicide, montrent bien qu'il s'agit d'une conception normative de l'intégration.

C'est à partir des années 1970 que cette perspective a été remise en question par une série d'auteurs regroupés sous le nom d'interactionnistes. Ils ont insisté sur le rôle des interactions entre individus, entre individus et institutions sociales, qui conduisent des individus à mener une véritable « carrière » de déviants avec ses étapes successives, involontairement suscitée et entretenue par les institutions sociales[49]. L'action des institutions de contrôle a pour effet de désigner, donc d'« étiqueter » (*labelling*) les déviants, en catégorisant les comportements déviants, en assignant les individus à ces comportements. Selon la distinction introduite par Lemert, à la déviation « primaire », née de conditions sociales spécifiques, succède une déviation « secondaire », produit de l'interaction de l'individu avec les institutions de contrôle social. L'individu est renforcé dans sa déviance par l'attitude et les conduites des agents des institutions qui, par leurs interventions, consacrent sa déviance et renforcent son identité délinquante. Celui qui a intériorisé le sentiment qu'il est méprisé et stigmatisé finit par se définir exclusivement par sa déviance.

« CONCEPT-HORIZON » ET DÉMARCHES DE LA RECHERCHE

Que la sociologie de l'intégration normative ait été dominante pendant des décennies explique en partie pourquoi la notion d'intégration est devenue impopulaire chez de nombreux sociologues, justement soucieux de s'en tenir à une analyse objective et de se démarquer de toute perspective normative. Mais leur réticence tient également à ce qu'ils considèrent que l'intégration fait partie de ces notions trop générales qu'on ne peut mobiliser telles quelles dans la recherche.

La critique des notions

Il importe donc que le sociologue, loin de «postuler ou affirmer» la notion d'intégration, commence par «la refaire, la reconstruire», il importe que l'utilisation de la notion d'intégration, comme celle d'identité, «commence par une critique de cette notion»[50]. On doit tenir l'intégration, comme l'identité, pour un «concept-horizon», c'est-à-dire, comme l'explicite Claude Lévi-Strauss, «une sorte de foyer virtuel auquel il nous est indispensable de nous référer pour expliquer un certain nombre de choses mais sans qu'il ait jamais d'existence réelle. La solution de l'antinomie dont je suis parti, et dont on fait procès à l'ethnologue en lui disant: "Vous voulez étudier des sociétés complètement différentes, mais, pour les étudier, vous les réduisez à l'identité", cette solution n'existe que dans l'effort des sciences humaines pour dépasser cette notion d'identité, et voir que son existence est purement théorique: celle d'une limite à quoi ne correspond en réalité aucune expérience»[51]. Telle, entre autres, que celles d'identité, de citoyenneté, de mobilité, d'aliénation ou de pauvreté, la notion d'intégration «est purement théorique», elle ne «correspond en réalité» à «aucune expérience», mais elle peut orienter les interrogations sociologiques, même si elle ne se prête pas à l'observation directe, même si elle n'est pas directement opératoire dans les démarches de la recherche.

D'ailleurs Durkheim l'avait déjà envisagé de cette manière, quand, sous le terme non d'intégration mais de solidarité sociale, il avançait que «la solidarité sociale est un phénomène tout moral qui, par lui-même, ne se prête pas à l'observation exacte ni surtout à la mesure. Pour procéder tant à cette classification [des différentes espèces de solidarité sociale] qu'à cette comparaison, il faut donc substituer au fait interne qui nous échappe un fait extérieur qui le symbolise et étudier le premier à travers le second. Ce symbole visible, c'est le droit »[52]. Dans la société dont le principe d'intégration est mécanique, le droit est majoritairement de type répressif : il s'agit de sanctionner les fautes et les crimes qui offensent la conscience collective. Dans la société dont le principe d'intégration est organique, le droit est majoritairement de type restitutif ou coopératif : il importe d'abord non de sanctionner les manquements aux règles sociales, mais de remettre les choses comme elles étaient avant la faute et d'assurer la coopération entre les individus. C'est donc en évaluant la part des règles dont la fonction est répressive (droit pénal), et celles dont la fonction est restitutive (droit civil, droit commercial, droit des procédures, droit administratif et constitutionnel) que le sociologue pourra évaluer la part respective de solidarité mécanique et de solidarité organique qui caractérise une société à un moment donné. « En déterminant quelle fraction de l'appareil juridique représente le droit pénal, nous mesurons du même coup l'importance relative de cette solidarité [solidarité mécanique]. »[53]

Cette opération n'est pas spécifique à l'intégration et à l'identité. Elle concerne toutes les notions issues de la vie sociale et des interrogations spontanées des individus démocratiques sur leur propre société (la pauvreté, l'aliénation, le statut social...). Elle est caractéristique de la démarche sociologique. Le « concept-horizon » selon Claude Lévi-Strauss, c'est ce que, dans le vocabulaire de la sociologie illustrée par Paul Lazarsfeld, on appelle la « notion familière » ou la « représentation syncrétique », qui doit être traduite par le chercheur en « opérations de recherche ». Dans toute recherche sociologique, analysent Raymond Boudon et Paul Lazarsfeld, se pose le problème de la « traduction des concepts ou notions en opérations de recherche définies [...] les variables sont parfois la traduction en termes opérationnels de notions familières (intelligence, coût de la vie, moral). Ils peuvent ainsi dériver de considérations théoriques (introversion, intégration, cohésion). Mais, quelle que soit leur origine, ils sont obtenus à partir des concepts et notions par une procédure définie et immuable. [...] Nous avons une *notion* ou représentation syncrétique de la cohésion ou de l'introversion, mais elle est en général insuffisamment précise pour permettre de déterminer lequel, de deux individus, est plus introverti, ou lequel, de deux groupes, est le plus cohésif. En termes de logique, le problème revient à essayer de transformer cette notion en concept, ou de préciser la définition. Cependant, le sociologue utilisera plutôt un autre langage ; il dira que le problème est de distinguer les *dimensions* spécifiques de la représentation originale et de trouver des *indicateurs* pour chaque dimension »[54].

On ne peut donc étudier l'intégration en tant que telle, mais on peut analyser les diverses dimensions de l'intégration à un moment donné et, de manière plus historique, les modalités des processus d'intégration — par définition, jamais achevés — qui ne concernent pas seulement telle ou telle population particulière, mais la société nationale dans son ensemble, ainsi que les groupes particuliers — familles, entreprises, Églises, partis politiques — qui la composent. Les chercheurs, en remplaçant le concept global d'intégration par l'analyse empirique des processus d'intégration dans les différentes dimensions de la vie collective et de leurs éventuelles discordances, n'ont fait qu'adopter la démarche habituelle des sociologues qui remplacent la notion issue de la vie sociale par des interrogations et des concepts précis et cherchent à définir les indicateurs significatifs[55].

Il ne s'agit pas d'une simple procédure de la recherche : elle implique aussi nécessairement l'idée que les processus de l'intégration varient selon les différents domaines de la vie collective (ou, dans le langage de Lazarsfeld, selon ses « dimensions »), que, par définition, personne n'est totalement « intégré », que l'intégration tropique comme l'intégration systémique ne sont pas un état, mais une histoire. Il ne peut pas y avoir d'échelle unique pour mesurer l'intégration, parce que la vie sociale est formée de dimensions diverses et parce qu'il existe une dissociation potentielle entre les dimensions objectives et subjectives de l'expérience sociale des individus ou, dans les termes de Goffman, une étrangeté virtuelle de l'homme à ses rôles sociaux.

Les mesures

Pour illustrer cette démarche, prenons l'exemple de l'article sur l'intégration, longtemps resté classique, qui fut publié, en 1950, par Werner Landeker et traduit dans l'ouvrage déjà cité de Boudon et Lazarsfeld[56]. L'auteur pose que « aujourd'hui, on se demande moins ce qu'*est* l'intégration ; ou bien, si on se le demande, ce n'est là qu'une étape préparatoire à une question plus pertinente, à savoir : comment l'intégration peut-elle être mesurée ? De nouveau cette question est, en elle-même, préliminaire et conduit à des problèmes de recherche tels que : sous quelles conditions l'intégration sociale augmente-t-elle ? sous quelles conditions décroît-elle ? quelles sont les conséquences d'un haut degré d'intégration ? d'un bas degré d'intégration ? La sociologie a besoin, pour éclairer les problèmes de l'intégration, de poser d'abord ces questions analytiques ». À partir de là, l'auteur distingue quatre dimensions : « L'intégration culturelle, ou concordance entre les normes d'une culture ; l'intégration normative, ou conformité de la conduite aux normes ; l'intégration communicative, ou échange de significations dans le groupe ; l'intégration fonctionnelle, ou interdépendance due aux échanges de services. » Dès lors, il pose la question : comment les mesurer ?

S'agissant de l'intégration culturelle, il emprunte aux anthropologues l'interrogation sur la cohérence interne des traits culturels. Il reprend la distinction proposée par Ralph Linton, qui tend à définir l'intégration culturelle comme la distribution optimale de trois types de traits culturels : universaux, spécialisés et alternatifs. Pour mesurer l'intégration culturelle, Landeker propose de construire un indice fondé sur les incompatibilités, d'une part, entre les traits universaux et, d'autre part, entre les traits universaux et spécialisés : plus on trouve de contradictions entre les uns et les autres, plus il existe de conflits entre les normes et plus l'intégration du groupe est faible. Pour mesurer l'intégration normative, c'est-à-dire la conformité des comportements des personnes aux normes sociales, Landeker propose qu'on élabore un indice composé de deux éléments : l'évaluation de la criminalité mesurée par le nombre de meurtres, homicides volontaires, escroqueries et vols ; l'évaluation de la participation à la collectivité mesurée par les contributions financières spontanées des individus aux institutions collectives. On peut construire aussi un autre indice d'intégration normative à partir de la proportion des traits alternatifs (c'est-à-dire ceux pour lesquels le groupe laisse le choix aux individus) : plus la proportion en est basse, plus le degré d'intégration est élevé. Les deux indices peuvent ensuite être combinés en un indice unique qui permettrait de suivre les évolutions de l'intégration normative. Concernant l'intégration communicative, il faudrait mesurer comment les individus sont reliés les uns aux autres par la communication. En mesurant le nombre des relations sociales, on pourrait évaluer la solitude ou les liens qui relient un individu à un milieu social. C'est une perspective inspirée de Durkheim et de son « suicide égoïste » commis par des personnes isolées. Landeker suggère que des enquêtes empiriques permettraient de mesurer la fréquence des rapports interpersonnels ou des relations de voisinage ainsi que les formes de participation sociale. Les études de ségrégation et l'analyse des préjugés permettraient inversement de mesurer l'absence de relations entre groupes. On pourrait aussi analyser, dans la perspective de la psychologie sociale, les formes d'attraction et d'hostilité qui lient ou séparent ceux qui participent à un même groupe social. S'agissant enfin de l'intégration fonctionnelle, il s'agit de mesurer l'interdépendance entre les éléments d'un système de division du travail. Les mesures sont difficiles, même si l'on peut utiliser les résultats d'enquêtes portant, par exemple, sur l'aire de diffusion des journaux, l'étendue de la banlieue, le volume des appels téléphoniques, ou le rayon des livraisons à domicile. L'auteur conclut que, si l'on dispose d'instruments de mesure adéquats pour évaluer l'intégration normative, ce n'est pas le cas des autres types d'intégration.

À la même époque, Robert C. Angell a voulu évaluer l'intégration normative de 42 villes américaines et mettre en lumière les différences qui les séparent[57]. Il a élaboré un indice d'intégration en combinant les taux de criminalité (négativement) et les contributions volontaires des citoyens (positivement). Il l'a validé en examinant la covariance avec d'autres indicateurs d'intégration normative : taux de suicide, de naissances illégitimes et de morts par maladie vénérienne. Ce faisant, il a isolé deux facteurs causaux, indépendants l'un de l'autre, mais dont la combinaison expliquait 79 % de la variance de l'intégration normative : l'hétérogénéité raciale et ethnique et le taux d'arrivée et de départ de la population. D'autres facteurs, le style du *leadership*, le rôle de l'École et les fonctions exercées par les Églises donnaient des éléments complémentaires d'explication.

Ces travaux, datés sur bien des points et dont les indicateurs sont directement liés à la société américaine, n'en illustrent pas moins comment les sociologues entendent conférer un sens précis et mesurable aux diverses dimensions de l'intégration. Toutefois ce type de démarche a été abandonné, tant il est apparu qu'on ne pouvait définir l'intégration au niveau de la ville et encore moins au niveau de la société. Désormais les recherches n'ont pas porté sur l'intégration en tant que telle mais sur les modalités ou les dimensions de l'intégration des diverses populations à la société nationale.

Dimensions et modalités

Pour ce faire, les enquêtes empiriques ont moins souvent pris pour objet les populations jugées « intégrées » que celles dont l'intégration apparaissait problématique et, à ce titre, révélatrice des modes d'intégration sociale : les pauvres, les marginaux ou les délinquants. « Le pathologique nous aidera à mieux comprendre le physiologique », comme l'écrivait déjà Durkheim[58]. Ce sont les analyses des transgressions, des ruptures, des phénomènes d'exclusion et de marginalisation qui contribuent à la connaissance des processus et des modalités de l'intégration. On peut généraliser à l'ensemble de la recherche la réflexion que propose Robert Castel sur sa propre entreprise : « Les notions que j'essaie de travailler — la déconversion sociale, l'individualisme négatif, la vulnérabilité de masse, la handicapologie, l'invalidation sociale, la désaffiliation... — prennent sens dans le cadre d'une problématique de l'intégration, ou de l'anomie (en fait, c'est une réflexion sur les conditions de la cohésion sociale à partir de l'analyse de situations de dissociation). »[59] De même, remarquent Serge Paugam et Franz Schultheis dans leur préface au livre de Simmel sur les pauvres, « suivre Simmel à travers sa sociologie de la pauvreté revient, en définitive, à poursuivre la réflexion théorique sur les fondements du lien social dont il a posé les premiers jalons »[60]. C'est ce qui permet de comprendre la critique virulente des descendants de migrants qui se sentent renvoyés, à cause de l'origine de leurs parents, à une marginalité ne correspondant ni à la réalité objective ni à leurs aspirations.

De fait, les chercheurs, même ceux qui traitent de l'intégration des immigrés — en adoptant donc le sens social selon lequel l'interrogation sur l'intégration se pose d'abord à propos des migrants et de leurs descendants —, rappellent régulièrement que l'intégration ne concerne pas seulement les populations liées directement ou indirectement à l'immigration : « L'intégration des immigrés est un cas particulier de l'intégration nationale même si, bien entendu, elle a des caractères spécifiques et ne se confond pas avec celle des populations régionales ou celle des marginaux. »[61] « Je prends l'intégration dans son sens général qui inclut l'intégration des immigrés comme un cas particulier »[62]. Pour justifier son entreprise, le responsable du volume collectif intitulé *Immigration et intégration. L'état des savoirs* rappelle en introduction que, si « le couple "immigration-intégration" a beau s'être imposé de lui-même comme titre de cet ouvrage [...], l'immigration ne débouche pas toujours sur l'intégration et celle-ci ne concerne pas que les immigrés et les étrangers. [..] L'exemple des Antillais [...] montre que l'intégration est un fait social qui ne concerne pas que les étrangers »[63] ; la même précision est d'ailleurs affirmée à nouveau par plusieurs des contributeurs au volume. « La notion d'"intégration sociale" dépasse la seule question de l'immigration étrangère et s'applique à la société tout entière. Elle n'est envisageable qu'en cas d'assentiment de tous à vivre ensemble et à constituer une même société. »[64]

Il n'existe pas d'intégration dans l'absolu — intégration à quoi, de quoi ? —, il existe des dialectiques et des processus complexes d'intégration et de marginalisation ou d'exclusion. Toute organisation sociale, quel que soit son niveau — de la famille à l'entreprise ou à la nation —, implique par définition un processus d'intégration des uns et un processus d'exclusion ou de marginalisation des autres. Ce qu'il importe d'étudier, ce n'est pas l'intégration en tant que telle, ce sont les modalités que prennent ces divers processus et dimensions de cette intégration.

La notion d'intégration désigne en effet les processus par lesquels les individus participent *à* la société globale par l'activité professionnelle, l'apprentissage des normes de consommation matérielle, l'adoption des comportements familiaux et culturels, les échanges avec les autres, la participation aux institutions communes. Dans ces diverses dimensions de la vie sociale, la participation des individus peut faire l'objet d'observations et, jusqu'à un certain point, de mesures. Il faut souligner à nouveau que le concept ne peut être utilisé de manière féconde que s'il est pris dans le sens actif d'un processus ; il ne désigne pas un état ou le résultat acquis de ce processus. De plus, il ne porte pas seulement sur les formes de la participation de populations particulières *à* la société nationale, mais aussi sur l'évolution *de* la société nationale tout entière Les descendants des migrants, comme toutes les populations particulières que l'analyse sociologique isole dans une première étape pour les besoins de l'analyse, ne sont pas extérieurs à la société qui existerait en dehors d'eux ; ils la constituent en un processus d'intégration — au sens actif du terme — continu. De même, Simmel a montré, il y a plus d'un siècle, que « les pauvres » étaient constitués en une catégorie particulière par l'« attitude collective que la société, en tant que tout, adopte à leur égard », en sorte que les pauvres ainsi définis ne sont pas en dehors de la société, mais qu'ils en font organiquement partie. Simmel rapproche d'ailleurs leur situation de celle de l'étranger, qui, comme le pauvre, est en dehors du groupe dans lequel il réside, mais n'en appartient pas moins à la société d'installation[65].

Le concept d'intégration renvoie, on le voit, à deux sens principaux. Il peut caractériser la relation des individus ou d'un sous-système *à* un système plus large, ou intégration tropique. C'est alors la propriété de l'individu ou d'un groupe particulier à l'intérieur d'un ensemble plus large. Mais il peut aussi caractériser l'ensemble d'un système ou de la société, ou intégration systémique. C'est alors la propriété du groupe dans son ensemble. On peut analyser en termes sociologiques la société nationale comme un processus d'intégration *de* la société par la politique, qui, par définition, n'est jamais achevé. L'intégration de tel ou tel groupe particulier *à* la société déjà constituée n'est qu'une des dimensions de l'intégration *de* la société dans son ensemble ou de l'intégration systémique.

Les deux phénomènes sont en effet indissociables. Le lien entre l'intégration *de* la société et celle des individus *à* la société est d'ailleurs clairement formulé par Durkheim, quand il constate que « la société, troublée et affaiblie, laisse échapper trop complètement à son action un trop grand nombre de sujets. Par conséquent, la seule façon de remédier au mal, est de *rendre aux groupes sociaux assez de consistance pour qu'ils tiennent plus fermement l'individu et que lui-même tienne à eux*. Il faut qu'il se sente davantage solidaire d'un être collectif qui l'ait précédé dans le temps, qui lui survive et qui le déborde de tous les côtés. À cette condition, il cessera de chercher en soi-même l'unique objectif de sa conduite et, comprenant qu'il est l'instrument d'une fin qui le dépasse, il s'apercevra qu'il sert à quelque chose. La vie reprendra un sens à ses yeux parce qu'elle retrouvera son but et son orientation naturelle »[66].

C'est pourquoi, après avoir présenté, dans le chapitre 2, la connaissance élaborée par les chercheurs sur l'intégration des migrants et de leurs descendants *à* la société d'installation, on s'interrogera sur l'intégration *de* cette société elle-même dans le dernier chapitre.

CHAPITRE 2

L'intégration des migrants et de leurs descendants à la société nationale

Dans la vie sociale, l'intégration est évoquée presque exclusivement à propos des migrants et de leurs descendants. D'une part, les pays européens sont sous l'influence de la société et de la sociologie américaines pour lesquelles le problème de la constitution et de l'intégration d'une société fondée sur l'immigration était un problème central ; d'autre part, l'arrivée de vagues d'immigration nombreuses ou lointaines semble constituer, dans les pays européens, un défi pour une identité nationale qui a été fondée sur l'idée et l'idéal de la confusion entre l'entité culturelle ou historique et l'organisation politique. Les sociologues tendent à se conformer à l'usage social. Ils mobilisent le plus souvent le terme d'intégration à propos des descendants des migrants — ce qui explique que ceux-ci refusent avec passion ce terme qui les singularise. Or, encore une fois, il s'agit d'un problème beaucoup plus large, dont l'intégration des migrants et de leurs descendants n'est que l'un des aspects.

On ne traitera évidemment pas ici de l'ensemble de la connaissance portant sur les phénomènes migratoires, la condition d'immigré, les modes d'existence des populations immigrées et de leurs enfants ou des discriminations dont ils sont les victimes, mais exclusivement de la manière dont ils participent à la société d'installation et de leur intégration à la vie collective.

DE LA DIVERSITÉ À L'UNITÉ

On a vu que le livre fondateur de l'École de Chicago, *The Polish Peasant*, inaugurait la sociologie urbaine, en particulier les phénomènes de délinquance, en même temps que la sociologie des relations interethniques. L'intégration des vagues migratoires ne pouvait être comprise que dans une interrogation générale sur l'intégration sociale. Les sociologues se sont donné pour objet d'analyser les rythmes, les dimensions et le sens de ce qu'on appelait alors l'assimilation des diverses vagues migratoires dans la société américaine. Les recherches ont porté sur les communautés ethniques et raciales dans la ville; elles reposaient sur l'idée qu'on pouvait lire dans l'espace urbain la dynamique de l'intégration progressive des diverses populations et que la relation à l'espace était tout à la fois la condition et le symbole des relations entre les hommes.

Les communautés et l'assimilation

C'est ainsi que Park a défini le «cycle des relations raciales», c'est-à-dire le cycle des relations entre les divers groupes qui tendait à se répéter partout, en suivant les mêmes étapes: il y avait d'abord contact entre les populations installées et les nouveaux venus, puis relations de compétition, conflit, ensuite s'établissait l'accommodation ou l'adaptation entre les divers groupes, enfin intervenait l'assimilation, définie comme « un processus d'interpénétration et de fusion dans lequel les personnes et les groupes acquièrent les souvenirs, les sentiments et les attitudes d'autres personnes ou d'autres groupes et, en partageant leur expérience et leur histoire, s'intègrent avec eux dans une vie culturelle commune. Dans la mesure où l'assimilation révèle ce partage d'une tradition, cette participation intime à des expériences communes, c'est un phénomène central dans les processus historiques et culturels. [...] Par l'imitation et la suggestion, la communication entraîne une modification progressive et inconsciente des attitudes et des sentiments des membres du groupe. L'unité ainsi obtenue n'est pas nécessairement ou même normalement univoque ; il s'agit plutôt d'une unité d'expérience et d'orientation, d'où se développera une communauté de buts et d'action »[1].

À l'issue de ce cycle, Park ne prévoyait pas que les conflits et la compétition disparaîtraient, mais il pensait que, les groupes étant désormais assimilés, ils régleraient leurs conflits à l'intérieur d'un système de normes et de valeurs commun. L'assimilation était en effet pour lui le processus par lequel les individus, en participant aux différentes dimensions de la vie collective, en partageant les mêmes expériences, pouvaient progressivement élaborer une vie culturelle commune. Contrairement à ce qu'on a pu écrire au cours des années 1970, il ne s'agissait pas d'obtenir des individus qu'ils effacent de leur conscience les souvenirs de leur vie passée, mais qu'ils les intègrent dans leurs nouvelles expériences et les réorganisent dans leur nouvelle culture. Park rejetait l'idée que l'unité nationale impliquât ou imposât l'homogénéité ethnique et culturelle. L'assimilation supposait simplement que les individus, tout en conservant leurs particularismes, utilisent la langue commune, participent pleinement aux traditions politiques américaines et adoptent les mêmes techniques et les mêmes modes de vie. Pour lui, dans une démocratie, les hommes politiques sont responsables devant l'opinion politique : plus qu'ailleurs, il importe que les membres de la société partagent les mêmes souvenirs collectifs et parlent la même langue. L'école joue un rôle fondamental dans l'inculcation de la nouvelle citoyenneté, puisqu'elle est chargée de transmettre la langue, la culture, l'histoire du nouveau pays ainsi que les valeurs démocratiques. À la fin du cycle, la dimension proprement ethnique serait éliminée ou, en tout cas, très affaiblie. Le processus était « apparemment progressif et irréversible »[2].

Park posait le même problème en ce qui concernait les différentes races et il distinguait, comme on le faisait alors dans la vie sociale, les Blancs, les Noirs et les Asiatiques. Le cycle des relations raciales concernait l'assimilation des immigrants européens. L'obstacle à l'assimilation des Noirs et des Asiatiques tenait, selon Park, à leurs traits physiques. Japonais et Noirs disposaient des mêmes capacités à s'assimiler que les Européens, mais leur physique les empêchait de le faire. Il était en effet impossible qu'ils deviennent indiscernables comme les enfants des immigrés blancs et qu'ils se fondent dans l'ensemble de la population. Le Japonais ne pourrait manquer d'évoquer pour les Européens l'idée du « péril jaune ». La race, selon Park, cristallise les heurts qui ne manquent pas de se produire entre groupes et interdit que s'efface avec le temps la conscience du groupe, entretenue par ses propres membres comme par les autres. Même en ce qui concerne les Européens, Park se révéla moins optimiste en 1937[3]. Il pensait désormais que le cycle ne s'achevait pas nécessairement par l'assimilation des immigrants ; il pouvait aussi se terminer par l'élaboration d'un système de castes (la « théorie » que les Noirs formaient une caste était alors dominante) ou par la formation d'une minorité, comme dans le cas des juifs en Europe.

L'analyse du « ghetto » de Chicago par Louis Wirth peut être lue comme une illustration du cycle des relations raciales[4]. Wirth décrivit la manière dont, à leur arrivée, les nouveaux immigrants juifs recréaient autour de la synagogue leur mode de vie traditionnel, scandé par les pratiques quotidiennes et les fêtes. Ils constituaient un milieu social aussi fortement intégré que dans leurs communautés d'origine. Comme avant la migration, le ghetto regroupait sur un faible espace des populations pauvres et nombreuses, il formait une organisation sociale serrée qui assurait la protection matérielle et morale de ses membres. Certains immigrés, arrivés déjà âgés, ont pu y finir leur existence en ignorant tout de la société américaine. C'était une forme d'« accommodation » au sens du cycle des relations raciales : l'existence du ghetto traduisait la volonté des migrants juifs de garder leur distance d'avec les autres groupes tout en instaurant des relations avec eux. Mais leurs enfants y trouvent la vie trop étroite et médiocre ; ils fréquentent l'école publique, poursuivent des études générales, apprennent à se conduire dans la société américaine plus large. Ils cessent d'être colporteurs ou marchands des quatre-saisons comme leurs pères pour devenir des hommes d'affaires. Ils quittent le ghetto et sa synagogue orthodoxe pour s'installer à l'extérieur et fonder une synagogue appartenant au mouvement conservateur, moins exigeante, moins singulière que celle du ghetto, plus compatible avec les nécessités de la participation à la vie américaine. Dans l'espace de ce qui fut le ghetto, ils seront remplacés d'abord par d'autres juifs plus récemment arrivés, puis par des Italiens, des Polonais et des Lituaniens, des Grecs et des Turcs, enfin des Noirs. C'est un ordre de succession qu'on retrouve dans toutes les villes américaines. Lorsque eux-mêmes ou leurs enfants seront devenus tout à fait prospères, ils s'installeront dans la zone résidentielle et créeront une synagogue du mouvement réformé, spacieuse et froide, sur le modèle des temples protestants, étrangère à la synagogue orthodoxe, pauvre, animée et chaleureuse du ghetto (où parfois quelques-uns d'entre eux, avides de chaleur humaine, sont retournés). Ainsi, conclut Wirth, savoir où vit un juif permet de savoir de quel juif il s'agit : première, deuxième ou troisième génération d'immigrants ; pauvre ou riche ; appartenant au mouvement orthodoxe, conservateur ou réformé.

Les conclusions de Wirth sur les fonctions sociales du ghetto furent généralisées à l'ensemble des groupes ethniques. Un des résultats essentiels des travaux des années 1920-1930 à Chicago est que l'existence de communautés particulières, loin de s'opposer au processus général de l'assimilation, en constitue une étape et un instrument. Comme le résumèrent Burgess et Bogue, « la découverte que les groupes ethniques étaient un gigantesque mécanisme sociologique de défense qui facilitait la survie et l'adaptation des immigrants — communautés auxquelles la seconde génération voulait échapper — a constitué un résultat majeur de la recherche sociologique sur la ville entre 1920 et 1930 »[5]. Pour assimiler les nouveaux venus, ou les intégrer si l'on adopte le vocabulaire français moderne, il ne s'agissait pas d'éradiquer le passé mais de lui donner un sens nouveau. Le paradigme de l'assimilation n'empêchait pas les chercheurs de penser le maintien et la réinterprétation des cultures d'origine des migrants. Il leur permettait de souligner que la démocratie américaine fondait un nouveau mode d'intégration des populations, plus respectueux de leur diversité que ne l'étaient, selon eux, les vieux États-nations européens. Pour eux, l'assimilation sociale ou structurelle — à savoir la progression à l'intérieur des diverses instances de la société d'installation — accompagnait l'assimilation culturelle, c'est-à-dire l'adoption de la culture américaine.

C'est à partir des années 1950 seulement que les chercheurs, influencés par le structuralo-fonctionnalisme qui dominait alors la sociologie américaine, ont eu tendance à admettre, plus ou moins explicitement, que l'assimilation des immigrants impliquait la disparition des communautés organisées selon l'origine nationale et la dissolution progressive des cultures d'origine. On posait désormais la question en des termes plus rigides : comment une société pouvait-elle absorber des éléments nouveaux sans remettre en cause sa structure ? L'effort le plus systématique en ce sens fut présenté par Emerich K. Francis qui proposa 59 définitions et 103 propositions pour élaborer une théorie générale des relations interethniques. Dans la société moderne, caractérisée par la « nationalisation » et l'« industrialisation », il définit les « problèmes ethniques » comme « les problèmes sociaux qui naissent de l'intégration partielle ou insuffisante d'éléments de la population qui diffèrent ethniquement de la population centrale »[6]. L'auteur opposait l'intégration des *ethnics* qui s'intègrent collectivement dans la société globale et l'intégration des *ethnics* comme individus. Dans ce dernier cas, le concept d'intégration « se réfère au processus par lequel tout nouvel ajout à une société peut devenir une partie de cette société sans détruire sa structure de base ». Du coup, on peut dire que les *ethnics* sont assimilés « si on leur confère un statut égal à celui de la population d'origine » dans toutes les dimensions de la vie sociale. En analysant le processus d'assimilation en ces termes, Francis suggérait une conception de la société selon laquelle la dissolution des groupes ethniques et la disparition des traits spécifiques devenaient les conditions nécessaires à l'intégration des individus dans la société d'installation, analysée en terme de structure intégrée. C'est aussi en fonction de l'idée d'une « absorption » des migrants que Shmuel Eisenstadt a étudié la formation de la nation israélienne dans un ouvrage de 1954 qui fut, dans un sens, le dernier grand livre inspiré par la problématique de l'École de Chicago. Il a montré comment se constituait une nation ou un État-nation sur le modèle européen ou américain, à partir de populations objectivement aussi diverses que les artisans laïcs et sionistes de l'Europe de l'Est et les juifs religieux issus des communautés traditionnelles du Maroc ou du Yémen[7].

Structure sociale et dimensions de l'intégration

Deux ouvrages publiés, l'un, *Beyond the Melting Pot* de Nathan Glazer et Patrick Moynihan, en 1963[8], l'autre, *Assimilation in American Life* de Milton Gordon, en 1964[9], ont marqué une rupture. Si *Beyond the Melting Pot* a connu un immense succès de public, c'est le second qui a sans doute influencé le plus profondément les recherches.

Pour Glazer et Moynihan, l'existence des groupes ethniques et le rôle social et politique essentiels qu'ils jouent sont une des caractéristiques de la société américaine. Les groupes ethniques ne sont pas seulement liés à l'immigration et à l'esclavage des Noirs, mais à l'organisation sociale elle-même. Les groupes ethniques ne constituent plus une étape en même temps qu'un instrument favorisant le processus d'assimilation, comme ils l'étaient pour les sociologues de Chicago dans les années 1920, ni une survivance — liée à la *Gemeinschaft* — vouée à la disparition au fur et à mesure que se diffuserait la logique propre à la *Gesellschaft*, comme ils l'étaient implicitement pour les sociologues de la stratification sociale et, plus généralement, pour tous les sociologues fonctionnalistes influencés par Merton. C'est la société américaine elle-même qui « produit » une forme spécifique de groupes ethniques, en même temps que, réciproquement, ces derniers « produisent » une société où se mêlent des éléments divers. L'ethnicité est la source des différences sociales, elle organise la vie politique, elle caractérise la forme spécifique de l'intégration sociale des États-Unis.

À la suite de ce livre, le paradigme de l'effacement progressif mais inévitable des références ethniques, qui avait été adopté à la fois par les auteurs partisans de l'assimilation plus ou moins directement liés à la tradition de l'École de Chicago et les penseurs marxistes, fut alors fondamentalement remis en question. Les Américains découvrirent que les diverses populations qui forment leur pays ne s'étaient assimilées ni au même rythme ni de la même manière. Les sociologues analysèrent l'échec de la politique d'assimilation, les limites du *melting pot* et l'existence de groupes ethniques. Contrairement aux sociologues de Chicago, ils n'interprétèrent plus cette forme d'« ethnicité » comme une étape sur la voie de l'assimilation, mais comme une donnée permanente de la société américaine. L'« ethnicité » supplanta l'« assimilation » dans le discours dominant des Américains sur leur propre société. Participant à cette réflexion, la majorité des sociologues s'opposèrent désormais à l'idée, qui inspirait les chercheurs de l'École de Chicago, que l'assimilation constituait un moyen démocratique pour faire participer les membres des groupes minoritaires à la vie collective sans les contraindre pour autant à renoncer à leurs cultures d'origine. Ils découvrirent en même temps que le *melting pot* était un échec et qu'il était condamnable, ils affirmèrent le fait et la valeur de l'ethnicité. Le projet d'assimilation et l'idéologie universaliste ont été accusés d'avoir conduit, selon le terme de militants français, à des « ethnocides ». On a célébré le différentialisme. Toute ethnicité est devenue l'expression d'une richesse, toute identité particulière a été jugée précieuse. Les penseurs noirs radicaux de la *black sociology*, en prolongeant de manière extrême cette inspiration, furent les premiers à refuser le terme d'« intégration » pour lui substituer celui de « libération ». Sous des formes variées, il s'agissait de prôner une nouvelle forme d'intégration, considérée comme plus authentique et plus démocratique.

Les recherches qui se développèrent à partir des années 1960 furent en rupture avec la sociologie de l'assimilation. La nouvelle génération des chercheurs américains, qui produisit l'essentiel de son œuvre entre 1960 et 1985, entendait se libérer à la fois du paradigme de l'assimilation, du culturalisme plus ou moins directement hérité de l'École de Chicago et de la micro-analyse des psychologues sociaux. Ils soulignèrent que les préjugés, les stéréotypes et les discriminations n'expliquent que la surface des choses. Le racisme devait être interprété non par les caractéristiques psychologiques des individus racistes, mais par les conditions historiques, économiques et politiques qui conduisent à élaborer un ordre racial. On devait cesser d'expliquer le racisme dont les Noirs étaient l'objet par les préjugés des Blancs — ce qui, bien entendu, ne signifie pas qu'ils n'existaient pas — et par leur statut de victimes, mais l'analyser à partir de leur histoire dans la société américaine, à partir des inégalités objectives, c'est-à-dire de l'inégal accès des Blancs et des Noirs aux ressources collectives et au pouvoir. Les relations entre groupes ethniques et raciaux devaient être comprises à partir des rapports objectifs entre les groupes et les classes sociales. Il importait de poser le problème des relations interethniques en termes macrosociologiques, au niveau «sociétal», en faisant des relations entre groupes ethniques et raciaux l'une des dimensions du pouvoir et des phénomènes de domination. Il fallait «sociologiser» les relations entre les races et les groupes ethniques en les interprétant à partir des relations concrètes entre les groupes, des rapports de classe, des conflits sociaux et du pouvoir. Selon la formule de Franklin Frazier qui entendait souligner le changement de perspective, «le problème des relations raciales est devenu un problème de relations entre les groupes»[10]. Le véritable problème n'était pas celui de l'assimilation (ou de l'intégration si l'on adopte le vocabulaire français), mais de l'égalité devant l'École, l'emploi et le logement de toutes les populations, quelles que soient leurs origines ethniques, géographiques ou sociales, des discriminations que subissent certaines d'entre elles. Il était important de souligner que ce qu'on appelle les «problèmes de l'intégration» des migrants ou des Noirs étaient d'abord les problèmes sociaux des classes populaires.

De son côté, l'ouvrage de Gordon a marqué une nouvelle étape de la recherche, même si son thème essentiel, les décalages entre l'assimilation culturelle et l'assimilation structurelle, avait déjà été formulé par Sorokin dans les années 1930. L'auteur partait d'une constatation. Les Afro-Américains sont parfaitement américains par leur culture et leur identification aux États-Unis, cela n'a pas suffi à leur assurer pendant des générations une «assimilation» facile ou réussie dans la société américaine, pour parler en termes modérés. Même les juifs, qui ont globalement connu une acculturation rapide et une réussite sociale remarquable, parfaitement assimilés aux valeurs et à la culture américaines, n'ont pas été pour autant assimilés dans la société américaine. Ils constituaient alors un groupe étroitement lié dont les échanges avec le reste de la population se limitaient à la sphère professionnelle ou politique et excluaient tout véritable commerce social, qu'il s'agisse des échanges amicaux ou des mariages. La formule *acculturation without assimilation* — dont la traduction en langage sociologique contemporain serait «intégration culturelle sans intégration structurelle» —, souvent répétée, résumait leur situation à l'intérieur de la société américaine. Ces observations ont conduit Milton Gordon à proposer sa théorie des étapes successives de l'assimilation à la société américaine, par lesquelles passaient normalement les diverses populations issues de l'immigration: assimilation culturelle, structurelle, conjugale, identificatoire et civique. La première étape, l'assimilation culturelle, désigne la phase de l'adoption par le groupe minoritaire des modèles culturels de la société d'accueil, de l'adoption de la langue au respect des pratiques sociales et politiques. La deuxième, l'assimilation structurelle, décrit l'entrée des membres du groupe dans les groupes primaires (bandes de jeunes, clubs ou associations). Dans la troisième étape, celle de l'assimilation conjugale, les minoritaires choisissent leur conjoint en dehors de leur groupe d'origine. Durant la quatrième étape, dite identificatoire, les individus s'identifient désormais à la société d'accueil. La cinquième phase désigne la situation dans laquelle le groupe minoritaire ne rencontre plus d'hostilité à son égard ; il ne subit plus de discrimination et il connaît l'assimilation « civique » : il n'existe alors plus de conflit politique entre le groupe minoritaire et le reste de la société. À partir de cette analyse, Milton Gordon proposait deux conclusions essentielles : 1. L'assimilation culturelle survient la première. 2. Mais elle peut aussi advenir seule, sans aucune autre forme d'assimilation et, dans ce cas, elle se prolonge indéfiniment. Il pensait évidemment à la population afro-américaine du début des années 1960.

Cette théorie, qui faisait directement écho, s'agissant des groupes ethniques et raciaux, à la théorie de Merton et Parsons concernant l'intégration sociale en général, avait l'inconvénient de suggérer que ce processus était linéaire et que son issue était inévitable : l'assimilation, même si, dans le cas des Africains-Américains, l'assimilation culturelle n'avait pas été suivie par les autres étapes de l'assimilation.

Elle a pourtant directement inspiré de nombreux travaux, parmi lesquels on peut citer, par exemple, ceux de Milton Yinger[11]. Il distingua les relations « structurelles » (participation aux associations volontaires et aux institutions) et les relations culturelles, psychologiques et biologiques. Dans chacun de ces ordres, il étudia l'intégration sociale, l'acculturation (la transformation des traits culturels), l'identification (l'auto-identification ou l'hétéro-identification) et l'hybridation des populations (par mélange génétique). Ces divers processus ont une autonomie relative. Il n'est pas rare, en particulier, de constater une forte acculturation accompagnée d'une intégration structurelle médiocre — c'est, encore une fois, le cas des Afro-Américains et, plus largement, de toutes les populations qui sont les victimes de préjugés et de discriminations. Mais on assiste aussi au cas inverse. Des populations peu acculturées, maintenant avec force leur originalité culturelle et historique, peuvent en même temps participer efficacement à la vie collective — ainsi, par exemple, les Chinois de la diaspora. La conclusion de ces analyses, c'est que l'assimilation est un «processus multidimensionnel, dont les divers aspects, tout en étant en relations réciproques étroites, peuvent varier de façon indépendante à différents niveaux et dans différentes séquences». Les décalages entre l'assimilation culturelle et l'assimilation structurelle permettent de comprendre ce qu'on appelle les problèmes sociaux de l'intégration des immigrés.

Sensibles à ces décalages, les chercheurs ont désormais moins parlé de séquences temporelles, ou d'étapes, qui impliquaient une évolution de type linéaire, que de dimensions ou de domaines de la vie collective. C'est la raison pour laquelle, en tout cas en France, ils ont remplacé le concept d'assimilation par celui d'intégration, il s'agissait pour eux de souligner cette diversité des modalités de l'intégration. Les chercheurs américains, eux, ont continué à parler d'assimilation. Mais tous ont conservé, une fois pour toutes, la distinction entre l'assimilation (ou l'intégration) culturelle et l'assimilation (ou l'intégration) structurelle, éventuellement en la raffinant, grâce à laquelle on peut désigner l'une des caractéristiques de la société moderne : l'homogénéisation croissante d'une culture plus ou moins mondialisée ne suffit pas pour que s'établissent des échanges égalitaires entre des individus issus d'histoires diverses ou de groupes sociaux éloignés. Ils ont aussi gardé, une fois pour toutes, l'idée que l'assimilation (ou l'intégration) était un processus et non un état et qu'elle comportait des dimensions diverses, entre lesquelles pouvaient exister des décalages, provisoires ou définitifs. Ainsi les migrants, socialisés dans la société d'émigration, ne connaissent dans la société d'immigration qu'une intégration culturelle faible, mais, recrutés pour réaliser un travail précis dans une organisation autoritaire et contraignante, ils étaient intégrés dans les structures sociales. En revanche, leurs descendants, socialisés dans le pays d'installation de leurs parents, culturellement indiscernables des autres, font face à de grandes difficultés pour entrer sur le marché du travail — intégrés du point de vue culturel, leur intégration structurelle est faible.

Même les « théories » les plus récentes s'inscrivent directement dans le prolongement de cette tradition et ne font que réaménager cette distinction essentielle[12]. Selon la théorie de l'« assimilation segmentée », par exemple, forgée à partir de l'expérience américaine, on peut construire trois modèles d'assimilation des populations migrantes et de leurs descendants dans une société composée de segments inégaux, en conjuguant les deux variables que sont l'assimilation culturelle et l'assimilation structurelle (ou sociale). Selon le premier modèle, l'assimilation structurelle (ou sociale) accompagne l'assimilation culturelle. En France, c'est le cas, par exemple, des descendants des migrants espagnols[13]. On retrouve le processus décrit par les sociologues de l'École de Chicago pour ce qui concerne la population des migrants européens. Selon le deuxième modèle, l'assimilation culturelle se conjugue avec la faible intégration structurelle, en sorte que les enfants de migrants se trouvent intégrés dans les classes défavorisées, on peut parler de *downward assimilation*. Les descendants des migrants venus du Maghreb ou d'Afrique subsaharienne en fournissent, selon Mirna Safi, des exemples dans les banlieues des grandes villes françaises. Enfin, selon le troisième modèle, l'assimilation sociale est réussie sans que l'assimilation culturelle soit complète. La mobilité sociale est élevée, mais la population garde ses caractères propres et se mêle peu au reste de la société. Ainsi Turcs et Asiatiques en France, très actifs dans le domaine économique, maîtrisant brillamment les technologies modernes, élaborent une forme d'intégration originale qu'on peut rattacher au pluralisme culturel. On peut noter que la quatrième combinaison des deux variables — ni intégration culturelle ni intégration structurelle — ne correspond à aucune expérience sociale: tous les individus connaissent une forme d'intégration à la société dans laquelle ils sont installés.

Les discordances entre intégration structurelle et culturelle expliquent que tous les indicateurs soient sujets à caution et qu'il soit impossible d'utiliser un indicateur unique pour mesurer l'intégration de tel ou tel groupe[14]. Dans les pays où la nationalité est accordée libéralement aux étrangers, le taux de mariages mixtes peut unir des époux de nationalité différente, mais issus des mêmes groupes nationaux ou ethniques. Le fait d'exercer une activité professionnelle peut cacher l'exploitation de compatriotes récemment arrivés ; la volonté d'acquérir la nationalité locale, traduire une relation purement instrumentale à la nationalité tout autant qu'un désir d'intégration à la société d'installation ; la participation à des associations, manifester la volonté d'ouverture aux autres ou signifier un repli identitaire. La mauvaise connaissance de la langue, en revanche, peut s'accompagner d'une activité professionnelle régulière et du projet de promouvoir les enfants dans la société de résidence. Les comparaisons entre les pays sont encore plus aventureuses ; que signifie la comparaison des taux de mariages « mixtes », entre étrangers et nationaux, lorsqu'un pays accorde rapidement la nationalité aux immigrés installés et qu'un autre ne l'accorde qu'après de nombreuses années ? Dans le premier cas, les mariages « mixtes » peuvent être des mariages entre des conjoints de même origine, dont l'un a acquis la nationalité locale et l'autre vient d'arriver. D'autre part, les enquêtes montrent que la signification même de cette mixité est ambiguë, c'est parfois le conjoint du pays d'installation qui s'efforce de transmettre aux enfants la culture d'origine du conjoint d'origine étrangère. Les dimensions de l'intégration sociale sont trop nombreuses et les divers processus connaissent trop de décalages et de contre-évolutions pour qu'un indicateur unique puisse, par lui seul, être significatif.

LA RECHERCHE EN FRANCE

La recherche en France a été beaucoup plus tardive qu'aux États-Unis, le projet d'« intégration républicaine» et la fiction selon laquelle les citoyens égaux n'ont plus de passé historique ou religieux tendant à rendre illégitimes les recherches sur l'intégration des migrants. Elle s'est développée depuis une vingtaine d'années, liée à une interrogation récurrente sur l'identité nationale et l'intégration sociale, suscitant des débats souvent passionnés. Mais, par-delà des vocabulaires et des engagements différents dans les débats politiques, les chercheurs ont convergé sur certains points. Ils se retrouvent pour penser que l'intégration n'est pas un état mais un processus. Il est donc souhaitable de parler de «parcours d'intégration» plutôt que de «niveau d'intégration». Ils acceptent également l'idée qu'il existe diverses dimensions de l'intégration et que des décalages entre l'intégration culturelle des descendants de migrants et leur intégration «sociale» ou «structurelle» sont susceptibles de nourrir des phénomènes de déviance. Aucun d'entre eux ne songerait à ne pas prendre en compte les conditions sociales des populations d'origine étrangère — activité professionnelle et regroupement dans l'espace urbain — pour analyser les modalités de leur intégration dans la société d'installation.

«*Intégrationnistes*» *et* «*multiculturalistes*»

Dans toute l'Europe occidentale, l'installation définitive de populations nombreuses d'origine étrangère et de culture musulmane a entraîné des interrogations sur un nouveau multiculturalisme qui constituerait un défi à l'État-nation traditionnel et risquerait de remettre en cause l'intégration sociale. La coïncidence entre le «peuple» et l'organisation politique, qui est au principe de la nation démocratique, serait remise en question par la présence de populations culturelles jugées très éloignées de la culture majoritaire. Parmi les sociologues de l'immigration, les uns redoutent la dissolution de la nation traditionnelle, d'autant que cette dernière est menacée par la construction européenne et le réveil des patriotismes locaux et régionaux. Les autres, au contraire, appellent de leurs vœux l'élaboration d'une « nouvelle citoyenneté ». Ils font ainsi écho à la réflexion menée par les penseurs dits communautariens des États-Unis et du Canada (Michael Sandel, Charles Taylor, Alasdair MacIntyre, Michael Walzer), qui prônent une nouvelle organisation sociale démocratique qui ferait leur place à des communautés particulières pour rendre les liens sociaux plus vivants et plus démocratiques.

L'adoption du terme d'intégration par la majorité des chercheurs français — les auteurs contemporains, on l'a vu, parlent toujours d'assimilation aux États-Unis — à partir des années 1980 n'était pas seulement l'écho de l'air du temps, favorable à l'expression des identités particulières. Elle accompagnait aussi le débat philosophique entre les penseurs libéraux et communautariens. Si l'on accepte les analyses de ces derniers, l'intégration sociale des diverses populations serait plus libre, donc plus effective, si leurs identités particulières, au lieu d'être refoulées dans le privé, étaient reconnues dans l'espace public. La politique d'intégration devrait donc se donner pour objet non de marginaliser ou de détruire les identités particulières en imposant aux nouveaux venus les normes de la société d'accueil, mais de reconnaître dans l'espace public le sens et la dignité de leurs cultures d'origine. Les politiques multiculturelles qui ont été adoptées au Canada ou en Australie se sont inscrites dans cette ambition qui vise à donner les moyens d'une intégration véritablement démocratique. Elles seraient, selon leurs partisans, plus efficaces que la politique d'intégration tendant à l'homogénéité culturelle qui aurait été appliquée jusque dans les années 1970.

Les débats français ont été dominés au cours des années 1980-1990 par l'opposition entre des chercheurs «intégrationnistes» — qui se qualifiaient volontiers de «républicains» —, qui souhaitaient qu'on continue à privilégier le modèle d'intégration traditionnel, en soulignant que les problèmes d'intégration étaient plus des problèmes sociaux que des problèmes «ethniques», et des chercheurs «multiculturalistes», inspirés par les penseurs communautariens, qui affirmaient qu'il était à la fois nécessaire et souhaitable de renouveler les formes de l'intégration. La logique des débats a abouti à durcir une opposition qu'il n'est pas inutile de relativiser.

Ni les «intégrationnistes» ni les «multiculturalistes» n'ont remis en cause l'égalité civique et la citoyenneté individuelle. Ni les uns ni les autres n'ont sous-estimé les difficultés sociales des habitants d'origine étrangère installés dans les banlieues où sévit le chômage. Tous adhèrent aux conditions de l'intégration, que rappelle Jacqueline Costa-Lascoux. L'intégration, selon elle, «repose sur cinq piliers principaux»: l'égalité de traitement par l'alignement du statut des travailleurs étrangers et de leurs familles sur celui des nationaux; la prévention et les répressions des propos, des actes ou des omissions discriminatoires à raison de l'origine, de l'appartenance ou de la non-appartenance à une race, une ethnie, une nationalité, une religion, ou à raison du sexe, à l'encontre d'une personne ou d'un groupe de personnes; les politiques sociales et éducatives; l'obtention de la nationalité du pays de résidence et l'octroi du droit de vote et d'éligibilité aux instances municipales et régionales[15]. Les « intégrationnistes » n'ont pas non plus songé à empêcher les populations d'origine étrangère d'entretenir dans le privé toutes les formes d'identités, de références culturelles et de fidélités particulières qu'ils entendent maintenir. Ce n'est ni possible — les libertés publiques sont garantes de cette liberté — ni souhaitable : la démocratie repose sur la distinction entre le privé, laissé à la liberté de chacun, et le public. La vraie discussion a porté — ou aurait dû porter — sur la question de savoir jusqu'à quel point les identités, les références culturelles et les fidélités particulières pouvaient ou devaient être reconnues dans l'espace politique. Pour être très concret, dans quelle mesure leur expression devait-elle être organisée par les pouvoirs publics et soutenue par des fonds publics ? Cette interrogation s'inscrit dans une interrogation plus large : comment concilier la liberté et l'égalité individuelle de tous les citoyens — principe que personne ne remet plus en cause — et la reconnaissance publique de leurs spécificités culturelles qui sont collectives ?

Les penseurs du « multiculturalisme » reprenaient les thèmes des penseurs communautariens d'Amérique qui jugent que la gestion « classique » de la diversité par la citoyenneté est devenue inopérante. En imposant les règles communes de la citoyenneté républicaine, elle ne reconnaît pas le besoin des hommes de voir reconnaître leur dignité non seulement en tant que citoyens abstraits, mais aussi en tant qu'individus concrets, porteurs d'une histoire et d'une culture singulières. Il faudrait, selon les termes de Charles Taylor, instaurer une politique de la « reconnaissance » de leur singularité. L'intégration sociale et politique par l'unité/égalité/universalité du domaine public — lieu de formation et d'exercice de la citoyenneté — aurait trop longtemps marginalisé et, à long terme, éliminé les fidélités religieuses ou historiques particulières.

Les « intégrationnistes » rappelaient, eux, que la reconnaissance publique de droits particuliers comporte des risques qu'on résume par le terme de « communautarisme ». Le premier est d'être contradictoire avec la liberté des individus. Affirmer l'existence de droits particuliers risque d'enfermer les individus dans leur particularisme, de les assigner à un groupe, à l'encontre de leur liberté personnelle et de leur possibilité d'échanges avec les autres. Appartenir par sa naissance à un groupe reconnu par la législation est contradictoire avec la liberté de l'homme démocratique. Celui-ci n'« appartient » pas à un groupe réel, isolé des autres, il est libre de se référer à des entités diverses et de s'identifier successivement à des groupes divers, eux-mêmes provisoires. Des droits publiquement reconnus viendraient contredire cette caractéristique profonde de la société individualiste. Le second risque concerne l'intégration sociale. La reconnaissance publique des groupes particuliers risquerait de consacrer et de cristalliser les particularismes aux dépens de ce qui unit les citoyens, d'organiser les replis des individus sur leur communauté d'origine au lieu de leur donner les moyens de la dépasser et d'entrer en relation avec les autres. Les groupes culturels ne sont pas donnés une fois pour toutes, ils sont le produit d'une construction historique. En leur accordant à un moment donné des droits particuliers, la reconnaissance publique contribue à les faire exister de manière permanente. Elle risquerait de conduire à la fragmentation sociale en juxtaposant des « communautés », fermées les unes aux autres, sans échanges entre elles. Comment, enfin, assurer l'égalité des divers groupes si on leur accorde des formes de citoyenneté différenciée ? La différence reconnue des droits ne conduit-elle pas nécessairement à des droits différents ?

Les penseurs d'un multiculturalisme modéré tiennent compte de ces risques. Ils posent des conditions à la mise en œuvre d'une politique de ce type[16]. La première est que les individus ne devraient pas être autoritairement assignés à faire partie d'un groupe particulier. Ils devraient être libres d'y entrer et d'en sortir. La deuxième condition est qu'on ne devrait reconnaître que des cultures qui ne comportent pas de traits incompatibles avec les droits de l'homme. On ne devrait pas admettre, au nom du relativisme culturel absolu que prônent certains penseurs du multiculturalisme extrême, que la tradition culturelle soit invoquée pour justifier l'inégalité statutaire des hommes et des femmes, l'excision des fillettes ou le droit des maris à battre leur femme. Enfin, il importerait que les divers groupes soient égaux. La reconnaissance des droits des minorités ne devrait pas aboutir à ce qu'un groupe se trouve dans la situation de dominer les autres. Sans égalité entre les groupes on risquerait de retrouver la situation de l'apartheid.

« Multiculturalistes » ou « intégrationnistes » ne peuvent que souscrire à ces conditions, directement inspirées par les valeurs de l'individualisme démocratique. Comment nier que l'ordre démocratique se donne pour légitimité d'offrir à chacun les moyens de développer toutes ses capacités, de se révéler à lui-même et aux autres dans son authenticité ? Comment nier que la société démocratique doit conjuguer l'égalité politique du citoyen avec les aspirations de l'individu concret enraciné dans une histoire et une culture particulières ? Mais le problème est d'organiser concrètement la reconnaissance *institutionnelle* de ces droits culturels. Comment inscrire à la fois l'égalité du citoyen et la reconnaissance de la diversité des droits des cultures dans des institutions politiques ?

Quel pourrait être le contenu des « droits culturels » que les penseurs, inspirés par la philosophie communautarienne, souhaiteraient voir respecter ? La neutralité religieuse de l'État, inscrite dans la citoyenneté, organise la liberté religieuse. Mieux, elle constitue une protection des religions minoritaires. Les bouddhistes en France prospèrent depuis quelques années à l'abri des règles de la laïcité. Les pratiques intellectuelles sont libres pour tous. Chacun est libre de respecter des fêtes particulières dans le privé, de fonder des associations culturelles et d'adopter les formes de la vie collective qui ne sont pas contradictoires avec les valeurs communes. Reste le problème de la langue. Si chacun parle la langue qu'il veut chez lui ou avec ses amis, devrait-il aussi avoir le droit de la parler dans l'école, dans l'hôpital, devant la justice, dans les instances politiques ? Jusqu'à quel point un espace public commun pourrait-il être organisé sans que les citoyens communiquent par une langue commune ? La reconnaissance de droits culturels pourrait-elle aboutir, par exemple, à ce que tous les textes officiels, dont on s'accorde à constater l'inflation depuis les dernières décennies, soient traduits dans les vingt-sept langues qui, en France, pourraient légitimement revendiquer d'être reconnues au titre de la Charte européenne de protection des « langues régionales et minoritaires » ?[17] L'école commune, où s'apprend la langue et le langage de la citoyenneté, peut-elle ne pas rester, avant tout, le lieu de l'apprentissage des valeurs et des pratiques démocratiques qui permettent de « faire société » ?

La critique essentielle des « intégrationnistes » porte sur le fait que toute reconnaissance *juridique* des particularismes comporte le risque d'entraîner dans une logique de revendications sans fin. Au nom de quoi reconnaître l'arabe ou le berbère et pas le chinois, l'une des branches du breton et pas les autres ? Pourquoi donner des droits collectifs à certains groupes, historiques ou culturels, et pas à d'autres ? Au nom de quels critères de justice choisir de reconnaître les uns plutôt que les autres ? La logique du particularisme a pour fin ultime l'individu. S'il est consacré par l'institution de « droits culturels », donc politiques, spécifiques, le pluralisme de la vie sociale, inévitable et souhaitable, risque de déboucher sur l'inégalité des statuts politiques. Le danger existe d'accentuer plutôt que de contenir la fragmentation sociale, alors même que la logique économique et marchande, dans les sociétés démocratiques d'aujourd'hui, s'impose toujours plus aux dépens des liens civiques. Jusqu'à présent la reconnaissance institutionnelle du pluralisme culturel a conduit au pluralisme social et politique.

De ces arguments les « intégrationnistes » concluent que la réinterprétation « démocratique », c'est-à-dire plus souple et plus tolérante, des principes de la citoyenneté serait suffisante pour que les groupes particuliers aient le sentiment que leur dignité collective est reconnue. Les écoles juives, qui appliquent les programmes de l'Éducation nationale en les complétant par l'enseignement de la tradition juive, fourniraient, selon eux, un exemple de l'articulation possible entre culture commune et fidélité particulière. Il s'agit, dans tous les cas, d'adopter ce qu'on pourrait appeler une forme de « libéralisme modéré », dans le vocabulaire anglophone — ou, en termes français, de « républicanisme tolérant » —, sensible aux conditions culturelles et sociales de la vie politique, mieux adaptée à la démocratie moderne que le libéralisme ou le républicanisme traditionnel, proposant des modes d'intégration plus souples et plus attentifs aux besoins des populations particulières. Si l'on respecte les conditions justement mises à l'instauration de droits culturels par les théoriciens du multiculturalisme modéré, n'arrive-t-on pas à une politique proche d'un « républicanisme tolérant » adapté aux valeurs collectives de la société démocratique ? La citoyenneté n'a cessé de se redéfinir en fonction des sociétés et de leur évolution. Il faudrait donc prolonger son histoire et réélaborer de manière « démocratique » les pratiques de la citoyenneté avant de cristalliser par le droit des différences culturelles qui, elles aussi, ne cessent de se modifier.

Les tenants d'un « multiculturalisme » modéré, eux, soucieux que s'établisse une démocratie authentique, entendent lutter contre les « effets atomisants de la dynamique individualiste », en inscrivant dans la Déclaration universelle des droits de l'homme le droit des individus à « une identité culturellement différenciée ». On pourrait ainsi accorder non des droits collectifs, mais des droits à l'individu lui-même — par exemple, pratiquer une langue régionale — qui aurait ainsi la liberté « de choisir et de voir respecter son identité culturelle, dans la diversité de ses modes d'expression » — à condition qu'ils ne soient pas incompatibles avec les droits de l'homme[18].

Il est vrai que le sens d'une politique multiculturelle varie d'un pays à l'autre. Les Britanniques ont une tradition d'intégration fondée sur la reconnaissance sociale — mais non juridique — de corps intermédiaires ou de «communautés ethniques» particulières. On verra plus loin les conséquences de cette politique sur l'intégration des enfants de migrants. Le droit des minorités peut être une solution à la coexistence de peuples différents dans les pays balkaniques où la tradition démocratique est faible. Le multiculturalisme du Canada, avec les peuples autochtones, les deux peuples fondateurs et les communautés d'immigrés récents, n'a pas le même sens que dans une nation unitaire comme la France. On ne peut négliger l'histoire de la formation de la nation et de la légitimité de l'ordre politique pour adopter des politiques de reconnaissance des droits culturels.

Pour les «intégrationnistes», le rôle premier de l'État devrait être d'organiser l'unité de l'espace politique commun, qui permet d'intégrer par l'abstraction et l'égalité formelle de la citoyenneté tous les individus, quelles que soient leurs origines sociales, religieuses, régionales ou nationales[19]. S'il est souhaitable qu'il réponde aux demandes particulières qui lui seraient adressées par des populations particulières — plutôt que de les refuser systématiquement, comme il a pu le faire dans le passé —, ce n'est pas son rôle que d'organiser et de subventionner les particularismes. Sa neutralité doit s'appliquer à l'égard des cultures particulières comme à l'égard des religions. Sa fonction première est de donner à chacun les moyens de participer à la vie commune. Pour les penseurs favorables au «multiculturalisme», en revanche, il importe avant tout qu'il donne d'abord à chaque individu les moyens de reconnaître sa liberté et son identité authentiques, or elles ne sont pas séparables de la culture dans laquelle il est né et dont il entend assurer la transmission à ses enfants.

L'opposition entre « intégrationnistes » et « multiculturalistes » a trouvé une expression dans le débat véhément qui a opposé Hervé Lebras à Michèle Tribalat, quand cette dernière a dirigé, au début des années 1990, à l'INED avec la collaboration de l'INSEE, l'enquête Mobilité géographique et insertion sociale (MGIS), qui utilisait des catégories « ethniques » pour analyser les « processus d'assimilation » des migrants et de leurs enfants[20]. Le premier a accusé la responsable de l'enquête d'avoir consacré l'existence de ces groupes « ethniques », en rompant avec la tradition « républicaine » selon laquelle aucune question ne doit être posée sur la religion et l'origine nationale dans les enquêtes. Cette tradition était fondée sur l'utopie républicaine selon laquelle les citoyens, tous égaux, ne sauraient être distingués par leurs croyances ou leurs origines, même dans les données statistiques. Michèle Tribalat arguait que, loin d'être antirépublicaine, la distinction selon l'origine nationale ou même ethnique était nécessaire pour mieux connaître ces populations, dissiper les fantasmes, repérer les véritables discriminations dont elles étaient les victimes au lieu de les ignorer et fonder une politique d'intégration sur des données sûres. Ne pas prendre en compte les catégories ethniques aboutissait inévitablement à nier les discriminations dont elles sont les victimes et donc à en être objectivement complices. La fiction juridique de l'égalité de tous les citoyens, reflétée par la statistique, n'était qu'un moyen d'occulter la vérité du racisme.

Ce débat, violence inutile mise à part, témoignait d'une aporie constitutive de l'entreprise sociologique elle-même. C'est pourquoi il continue d'ailleurs à se développer et à diviser les partis politiques, les sociologues et les militants de l'antiracisme. L'effort de connaissance contribue inévitablement à faire exister les catégories de population telles qu'elles sont élaborées par les chercheurs, la statistique consacre effectivement la réalité de ces catégories. Toute connaissance devient nécessairement une part de la réalité elle-même. En ce sens il est vrai que la recherche contribue à la prise de conscience des catégories ethniques. Mais les statisticiens ne créent pas ces catégories à partir de rien. Ce n'est pas la mesure des discriminations qui les crée, même si la conscience qu'on en prend contribue à les entériner. À partir du moment où les sociétés démocratiques veulent se connaître elles-mêmes pour compenser les inégalités — ambition liée à l'utopie démocratique elle-même —, les sciences sociales ne peuvent pas ne pas contribuer, à leur manière, à cette connaissance. Il est exclu, politiquement et moralement, que les chercheurs puissent renoncer à participer à l'entreprise d'autoconnaissance de la société démocratique en élaborant une connaissance aussi objective que possible. C'est pourquoi on peut penser que la prise en compte des catégories ethniques sera progressivement adoptée en France comme dans les démocraties du nord de l'Europe.

Enquêtes

Les enquêtes qualitatives sur de petits groupes de migrants et de descendants de migrants ont été nombreuses depuis une trentaine d'années. Leurs résultats ont été, dans l'ensemble, confirmés et, sur certains points, précisés par l'enquête statistique nationale MGIS. Les responsables se sont donné pour objet d'analyser les diverses dimensions de l'intégration, même si le terme d'assimilation a été de nouveau mobilisé, en montrant en particulier que le processus d'assimilation de la majorité des descendants de migrants prenait des formes différentes selon l'origine nationale.

L'enquête MGIS a ainsi confirmé que les comportements familiaux s'alignaient progressivement sur les normes locales, bien que de manière inégale selon les origines. Parmi les migrants venus d'Algérie, du Maroc et de Turquie, environ une femme sur deux avait épousé un homme que leur famille avait choisi et pour 20 % des femmes nées en Algérie sans leur consentement. Mais l'influence de la famille diminue fortement pour les enfants nés en France : moins de 5 % des mariages célébrés par des jeunes d'origine algérienne résultaient alors d'une décision familiale. Les relations amoureuses étaient souvent mixtes. Les enfants de migrants portugais et espagnols avaient, entre 20 et 24 ans, des relations amoureuses aussi fréquemment que les jeunes Français du même âge. En revanche, la mise en couple était retardée pour les jeunes hommes d'origine algérienne, à cause de la pression familiale pour qu'ils concluent un mariage à l'intérieur du groupe, de la précarité de la situation économique des hommes et de la surveillance à laquelle étaient soumis les comportements des femmes : 20 % d'entre eux, entre 25 et 29 ans, avaient célébré un premier mariage contre 35 % pour l'ensemble de la population. Le mariage était un peu plus fréquent pour les filles d'origine algérienne (38 % contre 59 % des femmes d'origine espagnole, 65 % des Français non issus de l'immigration et 78 % des femmes d'origine portugaise)[21]. Les unions « mixtes » — à l'extérieur du groupe d'origine — étaient plus fréquentes parmi les enfants de migrants espagnols et portugais. C'est parmi les jeunes d'origine algérienne que la mixité était la plus faible, mais même dans ce cas elle concernait la moitié des jeunes gens nés en France contre 25 % des migrants de même origine ayant migré enfants. Pour les hommes, il y avait donc une réelle progression de la mixité parmi ceux qui étaient nés en France. La mixité s'accroissait aussi pour les femmes, mais elle restait faible pour les filles de migrants arrivées pendant leur enfance.

Selon leur origine, les migrants eux-mêmes étaient plus ou moins nombreux à formuler le souhait de retourner dans le pays d'origine et de s'y faire enterrer (les deux souhaits variant ensemble). Les migrants espagnols étaient peu nombreux à le souhaiter (12 % des hommes et 13 % des femmes), les migrants portugais un peu plus nombreux (33 % des hommes et 27 % des femmes). C'étaient surtout les migrants turcs et leurs enfants qui déclaraient souhaiter retourner dans leur pays et y être enterrés : 77 % des hommes et 80 % des femmes.

S'agissant des enfants de migrants nés en France, très peu songeaient à s'installer dans le pays d'origine, la proportion la plus élevée se trouvait parmi les jeunes d'origine espagnole (28 % lorsque les deux parents étaient immigrés) et la plus faible parmi les jeunes d'origine algérienne (11 % lorsque les deux parents étaient immigrés et 7 % parmi les enfants de couple mixte), les femmes étant encore moins tentées que les hommes. La proportion baissait encore lorsque les jeunes avaient quitté le domicile de leurs parents : 3 % seulement d'entre eux avaient alors un projet réalisé ou en voie de réalisation dans le pays d'origine. Moins de 2 % des enfants de migrants avaient fait de longs séjours dans le pays d'origine de leurs parents. Restaient des liens concrets, en particulier de courts séjours, à l'occasion des vacances. Les séjours de vacances les plus nombreux concernaient les enfants de migrants venus du Portugal, puis ceux d'Espagne et du Maroc, puis d'Algérie, enfin d'Afrique noire ; pour les descendants de migrants originaires de l'Asie du Sud-Est, ils étaient exceptionnels. Dans tous les cas, ils devenaient plus rares pour les enfants nés en France, plus encore quand ils avaient quitté le domicile de leurs parents. Lorsqu'ils se rendaient dans le pays d'origine de leurs parents, les enfants de migrants, pour 75 % d'entre eux, se sentaient perçus comme des étrangers, la plus forte proportion concernant ceux qui retournaient en Algérie (80 % des femmes et 65 % des hommes).

Près de 80 % des hommes et 75 % des femmes immigrés devenus français étaient alors inscrits sur les listes électorales, soit une proportion un peu plus faible que la moyenne nationale (qui atteignait alors presque 90 %), ceux qui étaient d'origine espagnole s'inscrivaient dans une proportion égale à la moyenne nationale. La part de ceux qui s'inscrivaient sur les listes électorales augmentait avec le temps de l'acquisition de la nationalité. Les enfants de migrants nés en France continuaient à l'époque à s'inscrire moins souvent sur les listes électorales que la moyenne de la population française. De manière générale, à l'exception de ceux qui étaient nés d'un couple franco-espagnol, ils étaient moins concernés par la politique. Parmi les plus jeunes, un sur deux seulement était alors inscrit sur les listes électorales, mais les deux tiers de ceux qui avaient entre 25 et 29 ans l'étaient.

La langue de l'école était de plus en plus utilisée dans la famille[22]. La maîtrise du français s'accroissait, c'était désormais la langue majoritairement parlée au foyer : 13 % seulement des jeunes d'origine algérienne, 27 % des jeunes d'origine portugaise et 34 % des jeunes d'origine espagnole citaient la langue des parents comme seule langue maternelle. Le bilinguisme dominait chez les enfants nés en France de parents migrants espagnols et portugais. En revanche, plus de la moitié des jeunes d'origine algérienne ne déclaraient que le français comme langue maternelle, a fortiori quand l'un des parents était né en France. Plus de 90 % déclaraient comprendre la langue de leurs parents, mais la parler devenait rare, en particulier parmi les enfants de migrants algériens. Sur deux générations, l'abandon de la langue du pays d'origine était massif[23]. De ce point de vue, les enfants des migrants turcs constituaient une exception. Pour tous les autres, écrire et lire la langue des parents était encore moins répandu que la parler. Excepté pour les migrants turcs, la lecture de la presse du pays d'origine était devenue marginale, remplacée par la presse locale, qu'il s'agisse des migrants eux-mêmes ou de leurs enfants. Le taux d'équipement en appareils de télévision ou en magnétoscopes, la contemplation de la télévision suivaient les pratiques locales. Les paraboles permettent de capter les chaînes en dehors de la France, mais il semble que les enfants des migrants en faisaient peu usage. Les Turcs étaient les plus nombreux (76 %) à utiliser leur magnétoscope pour regarder des vidéos en langue d'origine, c'était aussi le cas de 56 % des migrants marocains et de 47 % des migrants algériens.

S'agissant des « jeunes d'origine étrangère nés en France » tels que les qualifiait l'auteur, leur sociabilité était proche de celle des autres jeunes Français. Ils sortaient autant et parfois un peu plus qu'eux. C'était particulièrement net pour les jeunes femmes d'origine espagnole ou portugaise. Seules les jeunes femmes d'origine algérienne sortaient un peu moins. De manière générale, les jeunes d'origine étrangère avaient une sociabilité comparable à celle de la moyenne des jeunes Français avec une sociabilité de voisinage un peu plus développée, notamment parmi les jeunes d'origine algérienne. Les relations communautaires occupaient une place réduite, sauf pour ceux qui étaient d'origine algérienne (16 % des hommes et 19 % des femmes), ainsi que pour les femmes d'origine portugaise (16 %). De façon générale, la sociabilité était mélangée, sans dominante particulière. Très peu participaient à une association communautaire ou religieuse, le maximum étant de 3 % pour les enfants d'immigrés portugais. La pratique d'un sport concernait surtout les jeunes d'origine algérienne. Très peu adoptaient la cuisine traditionnelle du pays d'origine de leurs parents, seules les jeunes femmes d'origine algérienne pratiquaient le mélange des cuisines, mais le couscous est devenu un plat national français...

L'enquête montrait également que la pratique religieuse était, dans l'ensemble, faible. La fréquentation des lieux de culte était particulièrement faible parmi les enfants de migrants algériens. Les non-pratiquants étaient aussi nombreux que dans la population française en général : environ 70 %. La seule exception concernait les jeunes nés de deux parents ayant migré du Portugal. Mais, pour les musulmans, les interdits religieux et le respect du ramadan restaient vivaces quand les deux parents étaient nés en Algérie, traduisant une fidélité à l'origine des parents. C'est pourquoi ces prescriptions étaient moins respectées lorsque les jeunes avaient quitté le domicile de leurs parents, même si les filles restaient un peu plus fidèles aux pratiques familiales que les garçons. Elles étaient aussi plus respectées dans les quartiers où le regroupement par origine était le plus élevé et où le contrôle social se maintenait plus fortement : la part de ceux qui respectaient le ramadan passait de 50 % dans un quartier non immigré à 73 % dans un quartier massivement habité par des immigrés. Les pratiques variaient également selon les pays, faibles pour les Algériens, elles étaient plus fortes pour les Marocains et les Tunisiens. Les migrants de tradition musulmane étaient nombreux à déclarer respecter les interdits alimentaires, même si les pratiques étaient dans les faits plus irrégulières.

Les immigrés espagnols, selon les auteurs de l'enquête, avaient une sociabilité avant tout familiale et faiblement étendue, mais très ouverte sur la société d'installation. Ils manifestaient la même désaffection à l'égard de la religion que les autochtones. Les jeunes étaient fortement acculturés à la société française. La sociabilité des immigrés d'Algérie était avant tout interne et familiale, peu étendue. Dans les échanges liés au voisinage, les relations communautaires n'étaient pas forcément privilégiées. Leurs pratiques religieuses avaient baissé, mais quand ils pratiquaient, c'était plus régulièrement que leurs voisins catholiques. Les immigrés portugais, très ouverts sur la société de résidence, avaient une pratique religieuse plus forte que les Français. À cette sociabilité ouverte s'opposait la sociabilité communautaire des immigrés turcs (visites de voisinage, café pour les hommes) et leur faible connaissance du français, qui contribuaient à limiter leurs contacts avec leurs voisins non turcs.

Cette enquête avait le mérite de mesurer rigoureusement plusieurs des indicateurs de l'intégration. Mais la mobilisation du terme d'assimilation plutôt que d'intégration n'était pas sans signification. La théorie implicite qui gouvernait l'analyse était que les immigrés et leurs enfants pouvaient être classés selon une échelle unique de proximité d'avec la culture locale. La critique élaborée par les autres chercheurs, qui avait abouti en France au remplacement du terme d'assimilation par celui d'intégration pour souligner les différentes modalités de la participation à la société d'installation, était négligée.

Nombre d'enquêtes partielles portant sur des échantillons réduits, menées avant et après l'enquête MGIS, ont confirmé ces résultats. Dans un article plus ancien, Abdelmalek Sayad avait déjà analysé la socialisation des enfants d'immigrés algériens, nés en France, devenus culturellement français, et la « frontière invisible » qui, à l'intérieur de la famille, les séparait de leurs frères et sœurs aînés, socialisés en Algérie, arrivés adolescents, encore soumis aux normes de la société traditionnelle[24]. Plusieurs recherches de type ethnographique ont souligné l'attachement aux valeurs familiales et à la morale traditionnelle, le souci de respecter les parents que manifestent les enfants de migrants originaires du Maghreb, qui, par ailleurs, participent comme les autres à la vie professionnelle[25]. Même les plus traditionnels et les plus religieux d'entre eux réinterprètent la tradition musulmane selon les valeurs de la société ambiante. Des enquêtes de l'INSEE, de leur côté, ont montré que les résultats scolaires des descendants de migrants tenaient plus à leurs « conditions objectives de vie » — faibles ressources économiques et culturelles — qu'à leur origine nationale ou à la migration de leurs parents[26].

À partir d'une exploitation secondaire des données de l'INSEE entre 1975 et 1990, Jean-Luc Richard distingue, à son tour, trois dimensions de l'intégration, qu'il qualifie de démographique, sociale et politique[27]. Il mesure l'intégration démographique en comparant les comportements matrimoniaux et le taux de fécondité des descendants de migrants avec ceux du reste de la population. De ce point de vue, l'intégration est réalisée. Les taux de fécondité des descendants de migrants s'alignent sur ceux des autochtones. Le nombre des mariages célébrés hors de France diminue d'une génération à l'autre. Les mariages mixtes augmentent : plus de la moitié de ceux qui sont devenus français(es) selon l'article 44 du code de la nationalité ont épousé un(e) conjoint(e) français(e) de naissance ; plus de 30 % des filles d'Algériens de moins de 35 ans ayant un enfant ont épousé un conjoint d'une autre origine que maghrébine. Elles restent pourtant un peu moins nombreuses à vivre en concubinage et à avoir des enfants hors mariage.

Il constate, après d'autres, que la fréquentation scolaire et les résultats des enfants de migrants s'alignent également sur ceux des enfants d'autochtones de même milieu social. Toutefois l'intégration qu'il qualifie de « sociale » (que d'autres appellent « structurelle ») ne suit pas l'intégration culturelle. Le taux de chômage est deux fois plus élevé dans la population étrangère que dans le reste de la population, mais il varie fortement selon les origines nationales, de 35 % pour les Algériens à 12 % pour les Portugais. Les Français dont les parents sont des migrants obtiennent plus difficilement un contrat à durée indéterminée (CDI) ou même un stage. Les situations de surqualification sont plus fréquentes : 11 % seulement des hommes d'origine algérienne, âgés de 25 à 33 ans, diplômés de l'enseignement supérieur, étaient cadres supérieurs en 1990 contre 46 % des fils d'autochtones. Mais, une fois insérés sur le marché du travail, ils connaissent des carrières comparables. Les hommes d'origine algérienne et marocaine ainsi que les femmes d'origine algérienne sont plus touchés par le chômage de longue durée.

Jean-Luc Richard mesure enfin l'intégration politique à l'aide de trois indicateurs : les taux de renoncement à la nationalité française, l'inscription sur les listes électorales et la participation électorale. Renoncer à ses droits à obtenir la nationalité française est très rare, la quasi-totalité des enfants d'immigrés sont français à 18 ans. Les Français originaires des trois pays du Maghreb étaient en 1995 moins nombreux à s'inscrire sur les listes électorales (55 %). Mais, lorsqu'ils étaient inscrits, ils votaient autant que les autres, les femmes étant plus nombreuses que les hommes à participer au scrutin. La mobilisation électorale était plus forte dans les communes où existait un fort mouvement en faveur d'un candidat du Front national. Elle était égale à celle des enfants d'autochtones pour l'élection présidentielle, inférieure pour les scrutins locaux (régionales, municipales).

La conclusion de l'auteur porte à nouveau sur le décalage entre « une forte acculturation et une plus faible réussite de l'insertion professionnelle », constante pendant les quinze années couvertes par l'étude. « Les discriminations à l'embauche et les préjugés demeurent un des problèmes essentiels. La ségrégation spatiale des populations s'est maintenue et certaines zones d'habitation sont désormais depuis une quinzaine d'années des motifs de stigmatisation qui entraînent des discriminations. »[28] En d'autres termes, l'enquête confirme que l'intégration culturelle des descendants de migrants reste en décalage avec leur intégration structurelle, en particulier professionnelle. Les enquêtes plus récentes confirment que le taux de chômage des jeunes descendants de parents migrants est plus du double des autres jeunes. Globalement, le taux de chômage est de 10 % pour la population française dans son ensemble, mais de plus de 20 % pour les jeunes de 16 à 24 ans et de plus de 40 % lorsqu'ils sont des descendants de migrants.

Une enquête récente menée sur les comportements politiques actualise ces résultats[29]. On peut, selon les auteurs, parler d'une intégration politique réussie. Les descendants des migrants expriment une attitude légitimiste à l'égard de la démocratie. Ils ont des opinions proches de celles de la population de même niveau social. Ils sont même plus nombreux à juger que « la démocratie fonctionne bien » (62 % contre 56 %), les plus modestes expriment un attachement plus grand à la démocratie que les autres Français de la même catégorie sociale. Ils restent moins nombreux à s'inscrire sur les listes électorales, sans pour autant adopter des positions contestataires[30]. Ils sont plus nombreux à se déclarer de gauche (76 % contre 54 %) et sont massivement favorables au Parti socialiste, et cela quel que soit leur groupe social, y compris chez les plus diplômés. Cette position est toutefois moins nette au fur et à mesure que s'accroît la distance avec l'immigration. S'agissant du système économique, ils manifestent le même légitimisme. Ils sont toutefois plus attachés à la réussite et adhèrent plus à la valeur travail que les autres Français.

En revanche, qu'il s'agisse de l'attitude à l'égard de l'homosexualité, de la séparation des sexes dans les piscines, des relations sexuelles des femmes avant leur mariage et, plus généralement, du statut social des femmes, les opinions exprimées sont nettement plus traditionnelles : la part des attitudes « conservatrices » est deux fois plus grande parmi les descendants des migrants africains et maghrébins que dans l'échantillon témoin. La différence tient essentiellement aux opinions des plus jeunes (18-24 ans). On assiste en effet à un retour à des positions plus conservatrices dans la jeune génération, qui accompagnent le mouvement de réislamisation, en tout cas de la part des hommes, les femmes, même les plus jeunes, étant moins attachées à la tradition. Si la majorité des descendants de migrants évolue vers la permissivité caractéristique des sociétés démocratiques, il existe un « noyau dur conservateur » de musulmans hostiles à toute forme de tolérance sexuelle, pour lesquels les normes de l'islam restent fortement prégnantes. Ils manifestent un antisémitisme fort : les interviewés âgés de 18 à 24 ans sont plus nombreux à formuler des jugements antisémites que les plus âgés, à l'inverse des variations dans l'échantillon comparatif. Les musulmans les plus conservateurs sont aussi les plus antisémites. Cette minorité intolérante représente 33 % de la génération de 18 à 24 ans[31]. Par ailleurs, ils déclarent d'autant plus se sentir proches de leur pays d'origine qu'ils sont plus religieux, même si ce lien tend à s'affaiblir avec les générations. Les identifications avec les coreligionnaires, avec les compatriotes ou avec les autres immigrés n'excluent toutefois pas les relations avec les autres Français.

On le voit, s'ils ne sont pas en marge de la société ou en rupture avec elle, si le phénomène majoritaire reste celui de l'intégration progressive des enfants des immigrés, ces derniers n'en gardent pas moins des caractéristiques spécifiques, s'agissant de la religion, des valeurs et du rapport aux juifs. Le mouvement général d'intégration de la majorité d'entre eux s'accompagne de l'existence d'une minorité repliée sur un islam traditionnel et intolérant. C'est cette population marginale, la plus visible dans les banlieues, qui suscite le plus de commentaires et d'inquiétudes.

COMPARAISON EUROPÉENNE

En comparant les processus d'intégration en Allemagne, en France et en Grande-Bretagne, l'enquête EFFNATIS permet de compléter ces analyses[32]. Les responsables de l'enquête ont défini, à leur tour, quatre dimensions pour mesurer l'intégration des enfants de migrants, qu'ils ont qualifiée de structurelle, sociale, culturelle et identificatoire. L'intégration structurelle désigne la participation objective des enfants de migrants aux structures sociales : institution scolaire et universitaire, puis accès au marché du travail[33] ; l'intégration sociale, leurs échanges sociaux, familiaux ou amicaux ; l'intégration culturelle, leurs loisirs et pratiques culturelles ainsi que leurs pratiques religieuses et leur système de valeurs ; l'intégration identificatoire, les manières dont ils déclaraient s'identifier au pays d'origine de leurs parents et à la société d'installation.

Les résultats de l'enquête ont confirmé que le procès d'intégration de ces populations est différent selon les diverses dimensions de l'intégration et qu'il prend également des formes différentes dans chacun des trois pays. Partout les enfants des migrants ont connu une acculturation rapide grâce, en particulier, à la fréquentation scolaire. La langue locale est leur langue maternelle, toujours plus utilisée, même à l'intérieur de leur famille. Leur formation scolaire, leurs connaissances sont les mêmes que celles des «enfants d'autochtones»[34] avec lesquels ils ont été scolarisés. Les pratiques culturelles et les loisirs participant de la culture de masse mondialisée sont communs à toute la génération, quelle que soit son origine nationale, et cela dans les trois pays. Pourtant, si l'évolution des enfants de migrants et celle des enfants d'autochtones tendent à converger, la même fréquentation et les mêmes connaissances scolaires, les mêmes pratiques de loisirs n'entraînent ni les mêmes convictions ou pratiques religieuses ni les mêmes références identitaires et politiques. On retrouve, une fois encore, des décalages dans les divers processus d'intégration. Il en existe entre l'acculturation linguistique et les pratiques de loisirs, d'une part, et les valeurs affirmées, d'autre part. Il en existe aussi entre l'intégration structurelle et sociale, d'une part, et l'intégration identificatoire, d'autre part, et cela d'une manière différente dans chacun des trois pays d'enquête.

Intégration culturelle et intégration sociale

La scolarité des enfants de migrants ne diffère pas de celle des enfants d'autochtones. Relégués jusque dans les années 1980 dans les filières techniques courtes en France[35], par exemple, ils connaissent désormais le même destin scolaire que les autres adolescents de même niveau social et restent de plus en plus longtemps dans l'univers scolaire. Ils fréquentent comme les autres le jardin d'enfants et même les mères récemment immigrées n'hésitent plus à confier des enfants très jeunes à l'école. Les parents les moins diplômés, migrants ou non, ont intériorisé les normes scolaires du pays d'installation. C'est le cas tout particulièrement en France. Mais si, en Allemagne, les enfants turcs sont un peu moins nombreux que les enfants d'autochtones à avoir été scolarisés avant l'âge de six ans, la majorité n'en a pas moins fréquenté le jardin d'enfants. La préscolarisation est moins systématique en Grande-Bretagne, mais la majorité des enfants est également scolarisée dès l'âge de quatre ans. Ensuite, la présence dans le monde de l'École ne cesse de s'allonger pour les enfants de migrants comme pour les enfants d'autochtones.

Cette scolarisation précoce et prolongée n'assure pas seulement l'accès aux savoirs, elle contribue à l'intériorisation des normes culturelles, elle impose la pratique généralisée de la langue locale. La France est le pays dans lequel les niveaux de formation sont les plus élevés et où les différences scolaires entre enfants de migrants et enfants d'autochtones de niveau social équivalent sont les plus faibles. La moitié des enfants de migrants — les filles plus nombreuses que les garçons — ont atteint ou dépassé le niveau du baccalauréat, en particulier depuis l'instauration des baccalauréats professionnels en 1985 — ce qui montre un grand progrès depuis l'enquête MGIS de 1990. En Grande-Bretagne, l'accès au niveau universitaire est moins fréquent pour tous, mais il est également réparti parmi les enfants de migrants et les enfants d'autochtones. L'Allemagne est le seul pays où la différence reste forte, les enfants de migrants n'atteignent que rarement le niveau universitaire et, de manière générale, leur réussite scolaire est faible. Si la situation s'améliore lentement, elle reste très inégalitaire et les sociologues soulignent que la relégation des enfants de migrants vers les filières courtes est de caractère discriminatoire. Les filles et fils de migrants qui entrent à l'université sont encore peu nombreux.

Si la fréquentation scolaire des enfants de migrants tend à s'aligner sur celle des enfants d'autochtones de même niveau social, notamment en France, il faut souligner le progrès accompli par rapport à leurs parents. On sait que ce furent souvent des populations pauvres et peu instruites — même si ce n'était pas les plus pauvres et les moins instruites — qui ont migré. La majorité des parents migrants, maghrébins et portugais en France, turcs en Allemagne ou pakistanais en Grande-Bretagne, n'ont jamais dépassé le niveau primaire ou n'ont pas été scolarisés, le niveau scolaire des mères étant encore inférieur à celui des pères.

Enfants de migrants et enfants d'autochtones maîtrisent également la langue d'installation. La scolarisation ne fait d'ailleurs que consacrer l'apprentissage préalable de la langue. Les parents migrants, déjà acculturés, les frères et sœurs aînés et l'ensemble des relations avec le milieu immédiat (médecin, commerçants, autres enfants), sans oublier la télévision, ont imposé la langue locale. Tous les enfants de migrants connaissent mieux le français, l'anglais ou l'allemand que la langue d'origine de leurs parents. En France, nombre d'entre eux hésitent à désigner l'une ou l'autre comme langue maternelle et, en définitive, plus de la moitié désignent le français. En Grande-Bretagne, la plupart des enfants de migrants estiment que l'anglais est leur langue principale. En Allemagne, la plupart jugent qu'ils parlent mieux l'allemand que la langue de leurs parents. Nombre d'études ont montré qu'en France l'utilisation de la langue d'origine des parents, difficile, prend des formes directement influencées par le français, les échanges uniquement en arabe à l'intérieur de la famille sont rares. Tous les enquêtés interrogés lors de l'enquête EFFNATIS jugeaient qu'ils maîtrisaient bien ou très bien la langue locale. En revanche, la majorité déclaraient mal écrire la langue d'origine de leurs parents, alors qu'ils étaient près des deux tiers à déclarer la parler bien ou très bien — contrairement aux résultats de l'enquête MGIS de 1990 et aux observations. On peut penser qu'il s'agit là d'un marqueur identitaire, symbolisant un lien sentimental avec les parents et leur origine. Comme l'avait dit un interviewé interrogé par Jacqueline Billez : « Ma langue, c'est l'arabe, mais je ne la parle pas. »[36] L'enquête confirme la déperdition de la langue d'origine que l'enquête de l'INED avait déjà constatée. C'est en Allemagne seulement qu'on maintient le turc ou une langue de l'ex-Yougoslavie en famille.

Si, à l'exception de l'Allemagne, leur destin scolaire s'aligne sur celui des enfants d'autochtones appartenant aux mêmes catégories sociales, on comprend que les enfants de migrants aient les mêmes goûts en matière de loisirs et de consommation culturelle. Ainsi « voir des amis » constitue le loisir « préféré » de tous les jeunes, quelle que soit leur origine, dans les trois pays. La moitié au moins des interviewés en France et en Allemagne ont des amis d'une autre origine que la leur, avec un minimum de 57 % pour ceux qui ont des parents turcs ou maghrébins et un maximum de 75 % pour ceux dont les parents sont portugais. Cela confirme les résultats d'une enquête nationale « Éducation » de l'INSEE qui montrait qu'en France 70 % des enfants de migrants avaient un réseau amical comprenant des enfants de toutes origines, 9 % n'avaient que des amis d'origine étrangère. En vingt ans, la mixité des relations amicales a augmenté en Allemagne. Ce n'est toutefois pas le cas en Grande-Bretagne où l'existence de « communautés »[37], regroupées en un lieu unique, rend plus rare la fréquentation amicale avec des personnes extérieures à la communauté. Il est aussi vrai qu'entre un quart et un peu moins de la moitié des enfants de migrants ont leurs « meilleurs amis » de la même origine qu'eux en France et en Allemagne et que la majorité est dans ce cas en Grande-Bretagne. Une petite partie d'entre eux ne fréquente même que des personnes de la même origine, comme le notaient l'enquête de l'INED en France et celle de Modood en Grande-Bretagne, dont les résultats étaient confirmés par des enquêtes plus sectorielles[38]. On peut penser que c'est particulièrement le cas en Grande-Bretagne, mais aussi en Allemagne où, jusqu'à une date récente, on encourageait indirectement la sociabilité à l'intérieur du groupe d'origine, où la ségrégation scolaire intervient dès la fin de l'école primaire et où des politiques culturelles prennent en compte les cultures d'origine[39].

Les loisirs sont les mêmes ainsi que les goûts en matière de consommation culturelle. Enfants de migrants et enfants d'autochtones citent les mêmes chaînes et les mêmes émissions de télévision. En Grande-Bretagne, 18 % seulement ont cité une chaîne ou une émission du pays d'origine de leurs parents et 4 % en France et en Allemagne, alors même que la parabole donne les moyens techniques de les recevoir. Le choix des vidéos, films ou médias locaux conduit aux mêmes conclusions. Tous apprécient les mêmes films américains et regardent les émissions locales de télévision, ils écoutent les stations de radio et lisent les journaux nationaux. Les productions culturelles des pays d'origine — films, musique ou médias — ne sont qu'exceptionnellement citées. Même les goûts alimentaires ne sont guère spécifiques. Alors que des enquêtes des années 1970 et 1980 avaient montré l'attachement des migrants et de leurs enfants à la cuisine du pays d'origine, les enfants des migrants ont aujourd'hui les mêmes goûts que les autres et citent parmi leurs plats préférés les pizzas, hamburgers, steaks-frites et pâtes, nourritures devenues internationales; moins de 15 % d'entre eux citent un plat typique du pays d'origine de leurs parents.

Loin de former une jeunesse spécifique ou « à part » ou de participer à une « double culture », les enfants de migrants grandissent avec les jeunes d'autres origines, y compris avec les enfants d'autochtones, qui vivent dans les mêmes quartiers qu'eux. Ils fréquentent les mêmes écoles, ont de plus en plus souvent le même type de scolarité ou de diplômes, ont des liens amicaux et, souvent, amoureux avec eux, ont les mêmes goûts et pratiquent les mêmes loisirs, en tout cas en France et en Allemagne. Ils sont dans ces domaines des autochtones comme les autres. L'enquête MGIS au début des années 1990 avait déjà mis au jour cette intégration *de facto* en ce qui concerne la France. L'enquête EFFNATIS, dix ans après, confirme ces résultats et montre que les spécificités sont tout aussi peu marquées en Allemagne. En Grande-Bretagne, les enfants de migrants se comportent de manière assez semblable aux enfants des autochtones, même si un petit nombre d'entre eux garde une certaine préférence pour des loisirs et des consommations culturelles du pays d'origine de leurs parents; en revanche, ils n'entretiennent que peu de relations amoureuses et amicales en dehors de leur « communauté ». Étant donné l'âge des interviewés, l'enquête n'apporte guère d'informations sur le monde du travail, mais s'agissant de l'École, on ne peut que conclure à l'intégration structurelle des enfants de migrants ainsi qu'à leur intégration sociale et culturelle, si l'on donne à ce terme celui des pratiques culturelles et des loisirs.

Cela vaut pour la majorité, mais n'exclut pas qu'une minorité, plus ou moins importante selon les pays d'installation et les origines, maintienne un mode de vie plus communautaire, fréquente exclusivement des personnes de la même origine, n'a pas de relation amoureuse en dehors du mariage, pratique moins souvent des loisirs liés au mode de vie occidental. Tournés vers la défense de l'identité de leurs parents, plus ou moins fantasmée, ils sont très visibles dans l'espace social en ce qu'ils se distinguent des autres de manière provocatrice ou agressive. Leur présence est particulièrement sensible en France, où le modèle d'intégration traditionnel est plus contraignant. Une minorité, sans doute aussi nombreuse, s'intègre dans le pays d'installation en se revendiquant exclusivement de celui-ci et en refusant toute forme de particularisme. La majorité s'intègre tout en revendiquant une identité particulière, qui conjugue des éléments symboliques issus de cultures diverses avec la participation de fait à la société d'installation.

Intégration culturelle et valeurs traditionnelles

Si la dynamique démocratique, comportant la fréquentation massive et prolongée de l'institution scolaire et la participation à la culture de masse, entraîne les enfants de migrants comme les autres, elle n'en laisse pas moins subsister des spécificités des enfants des migrants ainsi que des différences d'un pays européen à l'autre lorsqu'il s'agit des convictions et des valeurs. L'intégration culturelle, au sens des pratiques religieuses et du système de valeurs, ne connaît pas la même évolution.

De ce point de vue, la distinction la plus nette oppose la Grande-Bretagne à l'Allemagne et à la France. En Grande-Bretagne, l'existence d'une communauté pakistanaise qui contrôle les comportements de ses membres permet de transmettre aux fils et filles de migrants des modèles de conduites spécifiques et une conscience forte de leur singularité morale et religieuse. En Allemagne et en France, à l'inverse, les enfants de migrants ne connaissent qu'un lien lâche ou inexistant avec les institutions religieuses ou communautaires du pays d'origine de leurs parents. La plupart d'entre eux déclarent ne fréquenter un lieu de culte que « de temps en temps » ou « pour les grandes fêtes ». Plus de la moitié disent ne s'y rendre « jamais », proportion comparable à celle des interviewés qui ont des parents autochtones. Moins de 20 % y vont « régulièrement », soit un peu plus que les enfants d'autochtones. La fréquentation des associations religieuses est marginale. La plupart des fils et filles de migrants se situent donc en dehors de toute communauté de pratiquants et une partie importante des populations de tradition musulmane n'a jamais ou presque jamais assisté au prêche du vendredi ou à la prière collective. Il n'en va pas de même en Grande-Bretagne, où plus de la moitié de ceux qui ont des parents migrants musulmans fréquentent « régulièrement » un lieu de culte et où la part de ceux qui disent ne « jamais » s'y rendre est marginale[40]. C'est le seul pays dans lequel le taux de fréquentation « régulière » n'est pas quasiment aligné sur celui des enfants d'autochtones. C'est aussi le seul pays dans lequel les parents migrants sont presque toujours des pratiquants assidus. Selon l'enquête de Tariq Modood, la plupart pratiquent et se rendent régulièrement sur le lieu de culte, contrairement à ce qui se passe en France et en Allemagne; nombre de leurs enfants iraient à la mosquée avec leurs parents soit pour leur faire plaisir, soit pour ne pas entrer en conflit avec eux, soit pour entretenir les relations sociales de la famille en se conformant à la norme: loin que cette fréquentation traduise une volonté personnelle, il s'agirait, le plus souvent, de se conformer à une «obligation sociale»[41]. La notion de «communauté» musulmane prend ainsi un sens en Grande-Bretagne, où elle concerne le plus grand nombre; ce n'est le cas ni en France ni en Allemagne, où une part faible des migrants et de leurs enfants sont rattachés à une communauté religieuse.

Le maintien de valeurs spécifiques apparaît également lié à l'attitude de la société d'installation. L'intensité de l'identité nationale et religieuse des populations britanniques d'origine pakistanaise et les liens concrets qu'elles maintiennent avec le pays d'origine — voyages fréquents de ceux qui habitent en Angleterre y compris des enfants scolarisés, investissements financiers, création d'entreprises transnationales au sein de la diaspora, mariages arrangés par la famille avec des partenaires restés au Pakistan — se trouvent confortés par l'attitude des Britanniques. Étant donné l'histoire de leur démocratie, ces derniers reconnaissent l'existence des corps intermédiaires et des groupes particuliers dans la vie sociale, qui répond à une sensibilité aiguë aux libertés individuelles et collectives. Les divers groupes ethniques peuvent y conjuguer une forte intégration à la société nationale et une fidélité aux origines prenant, le cas échéant, une tournure radicale. Dans le cas des Turcs d'Allemagne, l'orgueil national des ressortissants d'une ancienne puissance impériale qui entendent rester turcs s'accorde avec la réticence que manifestent beaucoup d'Allemands à reconnaître comme pleinement allemandes des populations nées et scolarisées en Allemagne, mais dont les parents ou les grands-parents sont venus de Turquie. Il n'est pas sûr que la modification du droit de la nationalité en 2000, qui fait désormais sa place au droit du sol en donnant aux enfants des migrants nés et scolarisés en Allemagne le droit d'acquérir la nationalité allemande, change fondamentalement cette donnée. Les Allemands restent attachés à une conception à dominante ethnique de la germanité et les enfants de migrants, qui souhaitent acquérir la nationalité allemande pour des raisons essentiellement pratiques, aspirent plutôt à une double nationalité.

Le mouvement général vers la tolérance affirmée à l'égard de tous les comportements, qui caractérise les démocraties individualistes, s'observe chez les enfants de migrants comme chez les enfants d'autochtones. C'est ce que montre le jugement porté sur l'homosexualité, sur le divorce, sur la répartition du travail entre les hommes et les femmes et sur la cohabitation des couples non mariés. Pourtant, les enfants de migrants, en tout cas en Grande-Bretagne, sont systématiquement plus nombreux que les enfants d'autochtones à affirmer les valeurs traditionnelles, s'agissant en particulier de tout ce qui touche à la religion et à la famille. D'une part, les pratiques religieuses sont plus respectées en Grande-Bretagne : les interviewés sont presque unanimes à estimer que consommer de la viande *halal* est très important et, d'après les enquêtes nationales, les pratiques sont conformes à cette affirmation, alors qu'en France et en Allemagne le respect des interdits alimentaires est fluctuant dans le temps et dépend des circonstances (en famille ou à l'extérieur, quotidiennement ou pour les fêtes...). La grande majorité des enfants de migrants en Angleterre disent ne pas boire d'alcool, alors que, là aussi, dans les deux autres pays, l'interdit est respecté de manière symbolique et irrégulière, la plupart des interviewés admettant en boire « de temps en temps ». D'autre part, en Grande-Bretagne, ils continuent à respecter les règles de la morale traditionnelle, les filles n'ont pas l'autorisation de sortir le soir, elles ne sortent qu'accompagnées même dans la journée. Garçons et filles admettent les contraintes liées à la conception de l'« honneur » familial qui impose que les filles portent un vêtement « modeste » et que leurs conduites soient strictement contrôlées. Même parmi les garçons, moins de 20 % déclarent, pour leurs loisirs, fréquenter des boîtes de nuit (contre 76 % des enfants d'autochtones) et 10 % « aller boire un verre » (contre 92 % des enfants d'autochtones), alors qu'en Allemagne et en France les loisirs des enfants de migrants sont proches de ceux des enfants d'autochtones. En France, Noël est célébré en famille par plus de la moitié des enfants de migrants maghrébins. L'interdit du mariage avec un non-musulman, ainsi que des relations amoureuses, s'impose pour les enfants des migrants pakistanais, alors qu'il est relativisé dans les deux autres pays. Les mariages arrangés restent majoritaires, même si leur proportion semble en déclin. Un sondage réalisé par l'institut ICM en février 2006 révélait que 40 % des musulmans souhaitaient l'instauration de la charia dans les aires géographiques où les musulmans étaient majoritaires, provoquant l'indignation du président de la Commission pour l'égalité raciale du Royaume-Uni et du ministre de l'Intérieur[42]. Pourtant, même en Grande-Bretagne, on constate des formes de réinterprétation de l'islam, que la majorité des enfants de migrants ne pratiquent plus sur le même mode que leurs parents, et un effort de leur part pour distinguer l'affiliation proprement religieuse (l'islam) de la référence nationale (le Pakistan). En France, l'affichage musulman qui s'est accru au cours de la dernière décennie, notamment parmi les plus jeunes, n'empêche pas que 80 % des enfants de migrants musulmans ne pratiquent que peu ou pas du tout la religion et que les mariages arrangés sont inconnus. L'Allemagne se rapproche de ce modèle.

Sans doute les traditions d'origine des populations migrantes ne sont-elles pas les mêmes en Grande-Bretagne, en Allemagne et en France, sans doute le rapport au religieux et aux valeurs est-il spécifique dans chacun des pays d'origine des migrants, mais il existe aussi un effet des normes collectives et des conceptions politiques des pays d'installation, auxquelles les uns et les autres se conforment.

Rapport au politique et identification à la nation

L'intégration culturelle n'implique pas non plus que les enfants de migrants entretiennent le même rapport au politique et la même identification à la nation que les enfants d'autochtones. On retrouve de fortes différences d'un pays à l'autre, le rapport au politique et à la nation reste spécifique à chacune des trois sociétés nationales. Dans ce cas, le sens des oppositions n'est pas le même. La Grande-Bretagne et la France, à première vue, s'opposent à l'Allemagne, puisque presque tous les enfants de migrants ont la nationalité britannique ou française, ce qui n'était pas le cas en Allemagne lors du déroulement de l'enquête EFFNATIS. Mais le rapport des enfants de migrants au politique n'est pas seulement lié à ces différences juridiques. La conception de la nation et l'accès à la citoyenneté ont également une influence directe sur les sentiments d'identification. De manière apparemment paradoxale, les enfants de migrants s'identifient d'autant plus fortement au pays d'origine de leurs parents qu'ils vivent dans un pays où l'identification à la nation est intense. Les fils et filles de migrants en Allemagne déclarent se sentir nettement moins souvent allemands que les enfants de migrants dans les deux autres pays, français ou anglais. C'est en Grande-Bretagne, où l'identification au pays des parents est la plus marquée, que l'identification au pays d'installation est aussi la plus forte, qu'il s'agisse des enfants de migrants ou des enfants d'autochtones. Inversement, c'est en Allemagne que les enfants de migrants sont les moins enclins à s'identifier à un pays, qu'il s'agisse du pays d'installation ou du pays d'origine des parents. Ils partagent en cela l'attitude des enfants d'autochtones, qui, sans doute à cause du passé nazi, sont également les moins nombreux à s'identifier à la nation. De ce point de vue, la France occupe une position intermédiaire, mais elle est plus proche de la Grande-Bretagne que de l'Allemagne. Des enquêtes menées sur les sentiments d'identification nationale en Europe montraient que l'attitude envers la nation, dans chacun des pays, ne révélait pas de différence notable entre les adolescents nés de parents étrangers et les autres.

Quand on demande aux interviewés de se définir spontanément en termes identitaires, la grande majorité des enfants de migrants, en France et en

Grande-Bretagne, citent à la fois le pays dont sont originaires leurs parents *et* le pays dans lequel ils vivent. Ils se déclarent, par exemple, français *et* algérien, algérien *et* français, franco-portugais, *Indian-British*, etc., et déclarent se sentir *à la fois* l'un et l'autre. C'est le cas de près de 67 % des enfants de migrants maghrébins et portugais en France, de près de 75 % des enfants de migrants en Grande-Bretagne. En revanche, ce n'est le cas que d'un quart des fils et filles de migrants en Allemagne : près de la moitié d'entre eux s'identifient uniquement au pays de leurs parents, entre 6 % et 13 % uniquement à l'Allemagne, les autres ne s'identifient à aucun des deux pays, mais plutôt à la « condition humaine », comme le font au demeurant souvent les enfants d'autochtones allemands ; 8 % seulement des enfants de migrants en France, 10 % en Grande-Bretagne et en Allemagne déclarent se sentir « seulement » français, britanniques ou allemands ; 75 % d'entre eux en Grande-Bretagne et en France, 55 % en Allemagne se déclarent « très fortement » ou « fortement » liés au pays d'origine de leurs parents.

Ces liens, sentimentaux ou symboliques, n'empêchent pas qu'ils connaissent mieux la politique locale que celle du pays d'origine de leurs parents, à laquelle ils ne s'intéressent guère, à l'exception des enfants des migrants turcs en Allemagne. Ils n'empêchent pas que la participation politique des enfants des migrants issus de la péninsule indienne soit proche de celle des enfants d'autochtones. En Grande-Bretagne, ils sont même plus nombreux à voter que les enfants d'autochtones (plus de 70 % pour les premiers, 58 % pour les seconds). En France, la crise des institutions représentatives touche tous les jeunes, mais le taux d'inscription sur les listes électorales des enfants de migrants, inférieur à celui des enfants d'autochtones, a augmenté récemment, ainsi que le taux de participation électorale. Pourtant, les enfants de migrants sont plus nombreux que les enfants d'autochtones à déclarer qu'ils font confiance à la politique et à la justice, même si, dans tous les cas, cette confiance est faible (entre 18 % et 30 %), résultat confirmé, on l'a vu, par l'enquête de Brouard et Tiberj.

On sait, par d'autres enquêtes, que l'intégration culturelle, mise en évidence par les enquêtes analysées jusqu'ici, ne permet pas pour autant aux enfants de migrants de participer comme les enfants d'autochtones à la société d'installation, elle n'entraîne pas de manière nécessaire l'intégration structurelle. L'École — étant donné ses valeurs et son objet — est plus accueillante aux nouveaux venus que le monde du travail et des échanges sociaux. Raymond Boudon l'avait déjà montré à propos des élèves issus des catégories populaires : les inégalités devant l'école selon l'origine sociale sont moins fortes que les inégalités sociales elles-mêmes, elles tendent à diminuer avec la généralisation de l'enseignement et les mesures prises pour le démocratiser, alors que les inégalités sociales sont plus difficiles à corriger ou à compenser[43]. C'est la France, si on la compare à l'Allemagne et à la Grande-Bretagne, qui illustre de la manière la plus frappante le décalage qui existe entre l'intégration culturelle et l'intégration structurelle des fils et des filles de migrants. C'est en France que l'intégration culturelle et sociale est la plus grande et l'intégration dans le monde du travail et de la politique, la plus difficile[44]. Cette discordance nourrit inévitablement les frustrations d'une partie d'entre eux, d'autant plus sensibles à ce qu'ils vivent comme une injustice qu'ils sont politiquement et culturellement français. Dans une société démocratique dont ils partagent les valeurs, ils ont le sentiment de ne pas connaître l'égalité des chances et d'être les victimes du système social. Participant aux valeurs démocratiques et en particulier à l'aspiration au bien-être et à l'égalité, ils ressentent plus que les autres l'humiliation sociale et risquent d'être animés par le ressentiment. À court terme, le modèle britannique de reconnaissance sociale — mais non juridique — des *ethnic minorities* (appelées aussi *ethnic communities* ou *minority ethnic communities*) est plus efficace, comme le montrent la participation élevée des enfants de migrants aux pratiques politiques et la réussite sociale d'une part importante des Britanniques dont les parents sont originaires de la péninsule indienne. L'enquête EFFNATIS a montré que c'était le cas même pour les enfants de migrants pakistanais, alors même que les sociologues britanniques ont établi par les enquêtes nationales que, globalement, leur réussite est inférieure à celle des enfants de migrants originaires de l'Union indienne. Les enfants des migrants y restent insérés dans un milieu social qui se réfère au Pakistan, donc à l'islam pakistanais, ils maintiennent des valeurs, des conduites et des relations sociales spécifiques issues des traditions de leurs parents. Sans doute la présence de cette communauté structurée et autoritaire et le contrôle qu'elle implique limitent-ils la liberté des individus. Mais ils conduisent aussi peut-être, en tout cas à court terme, à moins de frustrations et à moins de ressentiment.

Les modalités de l'intégration des enfants de migrants restent nationales, chaque pays gardant une originalité héritée de la longue histoire de la constitution de la société nationale, de la naissance des institutions étatiques, des relations entre le pouvoir politique et les Églises et du maintien d'une culture et d'une langue particulières. Fils et filles de migrants deviennent l'un des groupes ou des corps particuliers qui constituent la société britannique, ils participent à la société allemande ou française, protégés par la redistribution assurée par l'État providence et prennent part — plus en France qu'en Allemagne — aux échanges sociaux. Dans tous les cas, ils sont acculturés à la société d'installation, ils en sont des membres à part entière. C'est précisément parce qu'ils sont intégrés que les modalités de cette intégration ne peuvent être que nationales.

L'intégration des descendants de migrants *à* la société nationale dans laquelle ils sont installés, comme celle des pauvres, des délinquants ou des marginaux, renvoie nécessairement à la question de l'intégration sociale *de* la société, ou intégration systémique. Comme l'écrivait déjà Istvan Bibo, « parmi les facteurs susceptibles de faciliter ou de gêner l'assimilation, [...] le facteur le plus important, le plus décisif, le plus facilitateur ou dans certains cas le plus gênant, de l'assimilation, est l'ordre et l'équilibre internes de la communauté *assimilante*, car tout le processus d'assimilation se déroule au sein de cette communauté et dans les conditions qu'elle détermine »[45]. Toute analyse du processus d'intégration des populations particulières doit s'inscrire dans la réflexion qui se poursuit sur les modes de l'intégration *des* sociétés démocratiques. S'ils s'interrogent seulement sur la participation des migrants *à* la société d'installation, les chercheurs risquent inévitablement, même s'ils s'en défendent, de réifier la société d'installation pour analyser la manière dont les migrants et leurs descendants y participent ; ils posent, d'un côté, la société française, anglaise ou allemande et, d'un autre côté, les migrants et leurs descendants, comme si les premières existaient sans les seconds. Or, il ne s'agit pas de se demander si les enfants de migrants sont assimilables dans une société qui serait constituée une fois pour toutes, mais de s'interroger sur leurs manières de participer au processus en devenir, jamais achevé, de l'intégration nationale qu'on pourrait aussi appeler sociétale. La société d'installation n'est pas une entité établie, stable et définitive et les enfants de migrants ne lui sont pas extérieurs ; ils en sont les membres et contribuent à la créer ; comme tous ses membres, ils sont entraînés par la dynamique de l'intégration sociale avec les formes qu'elle prend dans la « démocratie providentielle »[46]. La même analyse pourrait être faite à propos des « pauvres », qui, comme l'avait déjà montré Simmel, font partie intégrante du système social.

Il importe donc de s'interroger non plus seulement sur l'intégration de telle ou telle population particulière *à* la société d'installation, mais sur les modalités de l'intégration *de* la société démocratique. Ce que traduit en termes simples la question volontiers formulée dans les débats publics à propos des migrants et de leurs descendants : les intégrer, oui, mais à quoi ? On ne saurait se contenter de constater ou de déplorer le risque d'éclatement, de décomposition ou de désintégration de la société démocratique, il faut tenter d'analyser les modes contemporains, originaux, *de* l'intégration sociale.

CHAPITRE 3

L'intégration de *la société nationale*

Le projet de la société démocratique est d'intégrer tous ses membres en tant que citoyens libres et égaux et de leur donner des conditions de vie aussi égales que possible. Si le problème de l'intégration est débattu dans la vie politique à propos des descendants des migrants, il se pose dans les mêmes termes lorsqu'il s'agit de toutes les catégories de la population marginalisées par leur situation sociale. Les enquêtes sur les pauvres, les précaires, les marginaux ou même les délinquants font pourtant peu appel au concept d'intégration. Les chercheurs participent volontiers à la critique généralement répandue de la politique d'intégration à propos des descendants de migrants, désormais prônée par tous les gouvernements européens, et, comme dans la vie publique, réservent le terme à cette population particulière. C'est pourtant la même interrogation qui est posée à propos de tous ceux qui connaissent ou risquent de connaître une forme de marginalisation ou d'exclusion : comment les faire participer à la vie collective ?

Les sociologues qualifient la famille, l'École, l'Église, l'armée, l'entreprise, les partis politiques et les syndicats d'instances de « socialisation », terme encore réservé aux spécialistes des sciences humaines. On pourrait aussi les appeler des instances d'« intégration ». L'utilisation de l'un ou l'autre terme n'est toutefois pas sans signification. La « socialisation » porte l'accent sur l'individu, elle implique l'idée de l'apprentissage et de l'intériorisation continue des normes. L'« intégration » évoque plutôt le collectif — l'intégration *de* la société ; de plus, l'utilisation du terme implique l'idée que les individus s'intègrent à quelque chose qui existe déjà. Plus que celui de socialisation, le concept d'intégration tend également à impliquer la nécessité d'une certaine cohérence entre les divers éléments du système social.

Qu'on parle en termes de socialisation ou d'intégration, on soulève la même interrogation : comment évoluent les modalités de la participation sociale quand, dans la société démocratique, les individus se donnent le droit de soumettre systématiquement les institutions à la critique, de contester la légitimité de toutes les normes transmises par la tradition ou imposées par les règles de droit et d'inventer leurs propres normes ? Quels sont les effets sur l'intégration de la société de la « désinstitutionnalisation des grandes instances de l'intégration sociale-nationale »[1] et, plus généralement, du « déclin de l'institution »[2] ?

LA PHILOSOPHIE DE L'INTÉGRATION MODERNE

C'est le projet politique qui donne leur sens à l'ensemble des liens sociaux. On ne saurait analyser ces derniers sans tenir compte de la vocation propre à la société moderne qui est, tout à la fois, démocratique et productiviste, c'est-à-dire organisée autour de la production des richesses. L'ordre politique est légitimé par les valeurs et les pratiques de la citoyenneté. L'ordre économique est structuré par la production et la consommation des biens et des services. La société moderne est fondée sur la double valeur de l'individu citoyen et du producteur. La dignité de l'individu, valeur démocratique par excellence, repose à la fois sur l'exercice de la citoyenneté — qui, jusqu'à présent, a été nationale — et sur sa participation à la production des richesses.

La dignité du citoyen et du travailleur

La société des citoyens s'auto-institue, elle ne reconnaît aucune source de légitimité externe, elle n'admet l'autorité ni de Dieu ou de son représentant sur terre, ni de la tradition, elle se fonde sur la seule volonté de ses membres. En faisant reposer la légitimité de l'ordre politique sur l'ensemble des citoyens, en organisant une société autoréférée et en supprimant toute référence extérieure à elle-même, elle fait de chaque citoyen le détenteur d'une part de la souveraineté. Chaque individu, citoyen ou citoyen en puissance, doit être reconnu dans sa pleine autonomie et dans sa pleine dignité.

La citoyenneté fonde la légitimité politique, mais c'est aussi la source du lien social. Vivre ensemble, ce n'est pas participer à la même Église ou être ensemble sujets du même monarque, c'est être citoyens ensemble. C'est un principe d'intégration de tous les individus, quelles que soient leurs origines historiques, leurs croyances et leurs pratiques religieuses, quelles que soient les inégalités de leur condition sociale. La société démocratique se propose d'intégrer tous ses membres par la participation aux valeurs, aux institutions et aux pratiques de la citoyenneté, en transcendant leurs particularismes historiques, religieux ou sociaux. Par définition, la société démocratique est potentiellement ouverte à tous les êtres humains, sa vocation est universelle.

C'est l'exercice du vote qui symbolise et rend concrète la formule selon laquelle tout individu dispose de la même parcelle de légitimité, du même droit à se voir reconnaître son autonomie. La formule « un homme, une voix », qui nous paraît aller de soi, traduit bien l'égale dignité de tous les membres de la communauté des citoyens. Le vote donne à tous, les plus pauvres ou les plus riches, les plus jeunes ou les plus âgés, les moins diplômés ou les plus qualifiés, les moyens d'être, au moment du vote, non seulement civilement et juridiquement mais politiquement égaux à tous les autres. Le vote manifeste concrètement l'égalité de tous les citoyens et protège la liberté de ceux qui ne savent pas s'exprimer ou sont, pour des raisons variées, incapables de le faire par d'autres moyens.

Dans la théorie de la Représentation, le vote n'est pas la simple addition des votes de tous les citoyens, c'est l'acte par lequel se manifeste la Volonté générale, le bien commun qui n'est pas la somme des intérêts particuliers. Par le vote le citoyen ne fait pas que déléguer, il manifeste son adhésion à la philosophie de la modernité politique. Les Afro-Américains qui ont combattu pendant un siècle pour obtenir dans les faits le droit de vote en connaissaient le sens réel et symbolique. Les citoyens d'Afrique du Sud après la suppression de l'apartheid, où tous les membres de la société ont pu, pour la première fois, voter, ont manifesté, par leur participation massive, que leur dignité était enfin reconnue. Le vote démocratique n'a pas pour seules fonctions de choisir les dirigeants, de donner aux électeurs l'occasion de manifester leur confiance ou leur défiance à l'égard de la politique qu'ils ont suivie et de réguler les rapports entre la société et le pouvoir. Il est aussi le symbole du nouveau sacré, celui de la société politique elle-même, qui assure les liens sociaux et trace le destin de la collectivité.

C'est ce que traduit la manière même de voter, garantie par un code électoral pointilleux, rigoureusement contrôlé par le juge électoral. Les historiens, en France, ont étudié les procédures concrètes du vote, ils ont montré comment le caractère sacré de l'acte de voter s'est accentué depuis deux siècles. Le déroulement de ce qu'on peut appeler, par analogie avec la vie religieuse, la cérémonie a lieu désormais dans les hauts lieux de la République, la mairie ou l'école ; l'électeur doit obligatoirement passer dans l'isoloir pour manifester le caractère secret du vote, aussi sacré que celui de la confession ; la présence de l'urne au centre du bureau de vote a été assimilée à un autel. Voter, c'est démontrer, en respectant un rituel, qu'on appartient à la communauté politique nationale. Chaque fois que l'on interroge la population sur ce qui distingue le national de l'étranger, c'est le droit de voter qui est immédiatement invoqué, plutôt que celui d'être élu, d'accéder à la fonction publique ou de faire son service militaire — d'où l'émotion et les débats que suscite l'éventualité d'accorder le droit de vote aux étrangers. Par-delà même la consécration du lien social, le vote démocratique manifeste concrètement l'existence de l'espace politique abstrait, dans lequel, contrairement à toute expérience sociale réelle et observable, chaque citoyen est l'égal de l'autre. En manifestant en acte la vérité de la formule : « Un homme, une voix », les élections fondent à nouveau l'idée de l'égalité formelle de la citoyenneté et légitiment l'ordre politique.

Pour les philosophes du XVIIIe siècle, la citoyenneté n'était pas séparable de l'activité de production et de la valeur donnée au travail dans une société qui repose sur l'ambition de maîtriser la nature. Le travail a longtemps comporté un sens péjoratif. Il désignait l'état de celui qui souffre, qui est tourmenté, ou l'activité pénible, la souffrance et la fatigue (ainsi le « travail » de l'accouchement...). Le sens positif du travail s'impose au cours du XVIIIe siècle. C'est alors qu'avec la naissance de l'économie politique l'*Homo œconomicus* devient l'homme par excellence. On pense que l'homme se réalise lui-même et exprime sa pleine humanité par le travail, c'est-à-dire par l'effort pour se rendre maître de la nature. Dans l'*Encyclopédie*, le travail est défini comme « l'occupation journalière à laquelle l'homme est condamné par son besoin et à laquelle il doit en même temps sa santé, sa subsistance, sa sérénité, son bon sens et sa vertu peut-être »[3]. Les trois articles consacrés à la santé, à l'ennui et à l'oisiveté développent les effets bienfaisants du travail. Activité conforme à la nature de l'homme, de tous les hommes, le travail est nécessaire à la santé, il protège contre l'ennui et les dangers de l'oisiveté. Il faut donc lutter contre la paresse. Ces arguments font écho à Voltaire qui avait déjà écrit dans *Candide* : « Le travail éloigne de nous trois grands maux, l'ennui, le vice et le besoin [...] travaillons sans raisonner, c'est le seul moyen de rendre la vie supportable. » On se souvient de la conclusion de l'ouvrage : « Cultivons notre jardin. »

La naissance de l'économie politique a mis le travail au centre de la réflexion sur la société. Pour les physiocrates, « le terroir inculte n'a aucune valeur effective et ne peut en acquérir que par le travail, il faut donc que ces hommes partagent le territoire pour que chacun d'eux y cultive, y plante, y bâtisse et y jouisse en toute sûreté des fruits de son travail ». La propriété est justifiée par le travail. Ainsi les terres d'Amérique appartiennent-elles non pas à ceux qui y sont nés mais à ceux qui les ont cultivées. Pour Montesquieu aussi, « il faut que les lois favorisent tout le commerce, car le commerce est la profession des gens égaux » ; « un homme n'est pas pauvre parce qu'il n'a rien mais parce qu'il ne travaille pas ».

Dans l'article « Économie politique » de l'*Encyclopédie*, Rousseau franchit une nouvelle étape en liant le travail à l'organisation même de la société, à la politique. « Hors de la société, l'homme isolé ne devant rien à personne, a droit de vivre comme il lui plaît ; mais dans la société où il vit nécessairement aux dépens des autres, il leur doit en travail le prix de son entretien ; cela est sans exception. Travailler est donc un devoir indispensable à l'homme social. Riche ou pauvre, puissant ou faible, tout citoyen oisif est un fripon. » Parmi les devoirs du gouvernement, « il faut encore songer à la subsistance et pourvoir aux besoins publics [...] le devoir n'est pas [...] de remplir les greniers des particuliers et les dispenser du travail, mais de maintenir l'abondance tellement à leur portée, que pour l'acquérir le travail soit toujours nécessaire et jamais inutile ». Le travail est utile et nécessaire, l'État doit mettre en œuvre les conditions lui permettant de devenir efficace. C'est en effet l'indépendance, la vertu que donne le travail qui sont à la base des principes fondamentaux de la société. C'est le travail seul qui justifie la propriété : « L'idée de la propriété remonte naturellement au droit de premier occupant par le travail. » Le travail indépendant est aussi la condition de la liberté : « L'artisan ne dépendant que de son travail, il est aussi libre que le laboureur est esclave : car celui-ci tient à son champ dont la récolte est à la discrétion d'autrui [...] subsister sans intrigue, sans affaire, sans dépendance, c'est, j'en conviens, de vivre du travail de ses mains en cultivant sa propre terre. » C'est aussi dans la mesure où l'individu est autonome grâce à son travail qu'il peut en même temps être autonome en tant que citoyen. Personne ne devrait hériter du travail de ses pères, chacun devrait être le fils de ses œuvres. « Nul père ne peut transmettre à son fils le droit d'être inutile à ses semblables ; or c'est pourtant ce qu'il fait, selon vous, en lui transmettant ses richesses, qui sont la preuve et le prix du travail. Celui qui mange dans l'oisiveté ce qu'il n'a pas gagné lui-même, le vole. » Le travail implique enfin la solidarité des hommes, car « sitôt donc qu'une partie des hommes se repose, il faut que le concours des bras de ceux qui travaillent supplée au travail de ceux qui ne font rien ».

La société moderne a hérité de cette conception de l'homme pleinement humain en tant qu'*Homo faber*, homme industrieux, qui s'est forgée entre le XVIe et le XVIIIe siècle. Le travail libre seul permet aux individus d'être de vrais citoyens. L'idée de « contrat social » comporte cette double dimension. L'individu souverain, né avec la modernité politique, est indissolublement le citoyen et l'homme qui travaille pour maîtriser la nature. La dignité de l'homme moderne repose sur l'exercice de la citoyenneté et sur son activité de producteur.

Certains chercheurs avancent l'hypothèse que nous vivons aujourd'hui l'épuisement progressif du paradigme du travail comme principe d'intégration. Ils font valoir que la nature des tâches s'est modifiée et que l'exigence de polyvalence remet en cause l'idée de métier. Ils rappellent le fait bien connu que la durée annuelle moyenne d'heures travaillées est passée de plus de 3 000 heures en 1831 à 1 650 environ en 1989 ; que, de plus, la durée de la vie active a diminué grâce à la prolongation de la scolarité et à l'avancement de l'âge de la retraite. De plus en plus de valeur serait accordée aux loisirs plutôt qu'au travail. Le nombre des statuts précaires et la diffusion de la pauvreté contribueraient, de leur côté, à limiter l'effet intégrateur du travail. Ces analyses mettent sur le même plan le principe de l'intégration par le travail et les limites de cette intégration. Qu'on travaille moins aujourd'hui est une réalité. Mais on ne saurait en déduire que le travail a cessé d'être une norme, d'avoir de la valeur, d'organiser la vie collective. C'est passer du fait à la norme. Il n'est pour le constater que d'analyser les expériences vécues par ceux qui sont privés d'emploi, chômeurs et assistés. Tous n'aspirent qu'à trouver un emploi, un « véritable emploi » selon leur expression — c'est-à-dire pas un emploi « social » ou subventionné —, tous formulent les termes de la déréliction de ceux qui ne participent pas à la production des richesses. Que le temps du travail soit beaucoup moins long qu'au XIXe siècle n'a pas remis en question la norme du travail et sa fonction intégratrice. Ceux qui n'ont pas une « bonne raison » (âge ou état de santé) de ne pas avoir de travail se sentent exclus des échanges de la vie collective. Les titulaires d'un emploi qui sont malheureux dans leur travail le sont d'autant plus qu'ils ont de fortes attentes à l'égard de leur activité professionnelle et que leur insatisfaction est proportionnelle à leurs aspirations. Même si le temps de travail a considérablement diminué, le travail n'en reste pas moins central pour ceux qui ont un emploi comme pour ceux qui en sont privés. C'est le moyen d'assurer la vie matérielle, et de structurer le temps et l'espace. Le temps du travail professionnel donne son sens aux autres moments de la vie, au temps du non-travail. C'est le lieu où se manifeste la dignité de soi et où se déroule l'essentiel des échanges sociaux. Le travail, c'est beaucoup plus que le travail, en sorte que le chômage ou même toute forme de non-travail, c'est beaucoup plus que le non-travail.

Même s'il adopte des formes qui ne cessent de se renouveler, le travail ne peut que demeurer un axe essentiel de la vie dans les démocraties modernes, il reste le « grand intégrateur »[4]. La critique du travail est d'ailleurs une spécificité européenne et même française. Dans le reste du monde, on a compris que l'entrée dans la modernité passait par le travail

Il est vrai que l'activité professionnelle n'est que l'un des liens concrets par lesquels les individus établissent des échanges avec les autres et avec les institutions collectives. Il existe aussi les échanges familiaux, les relations sociales, les liens établis avec les diverses instances de la société civile ou politique. Mais la prépondérance du rapport à la production a pour effet que les liens familiaux et l'ensemble des échanges sociaux sont étroitement liés à la position de l'individu par rapport au marché du travail et au système de protection sociale. Les individus ont le plus de chance d'être en même temps titulaires d'un statut social élevé, né d'un emploi permanent à durée indéterminée, et membres d'un groupe familial, lui-même inséré dans un milieu social où se multiplient les échanges matériels et symboliques. Inversement, les chômeurs se sentent méprisés à l'intérieur de leur propre famille, certains connaissent des ruptures conjugales. Ils limitent les échanges amicaux. Ils votent moins régulièrement, ceux d'entre eux qui avaient une activité syndicale et politique lorsqu'ils avaient un emploi la réduisent. Les divers liens sociaux — familiaux, sociaux, institutionnels — ne sont pas indépendants, parce que le rapport à l'emploi reste primordial pour définir le statut social de l'individu. Ce statut continue à être étroitement lié à la place de l'individu dans le système de production et à son rapport à la protection sociale. Si l'État intervient et multiplie les catégories administratives intermédiaires entre l'emploi permanent à durée indéterminée qui constituait la norme des « Trente Glorieuses » et le non-emploi : emplois à durée déterminée, stagiaires, vacataires, titulaires d'un emploi particulier, c'est pour compenser, fût-ce dans des conditions modestes et précaires, l'absence du statut que confère un emploi régulier et permanent. L'homme sans emploi, c'est l'homme sans qualité.

La solidarité par l'assurance

Lorsque chaque individu est un citoyen, il a le droit de disposer des moyens de se nourrir, d'avoir un toit, d'élever décemment ses enfants pour être en mesure d'exercer concrètement ses droits politiques. Si elle était trop évidemment contredite par l'observation de la vie concrète, l'égalité civile et politique proclamée des citoyens aurait-elle un sens ?

La tension entre l'égalité civile, juridique et politique proclamée de tous les citoyens et les inégalités économiques et sociales fut immédiatement perçue lors de la Révolution française. Elle fut, de manière significative, l'un des objets des premiers débats de la Convention. Rabaut Saint-Étienne, par exemple, la formula, dès janvier 1793, en des termes lumineux qui annoncent l'inspiration de Tocqueville. « Rien ne caractérise mieux la démocratie que la tendance à l'égalité, et que les passions et même les violences pour l'opérer. [...] L'égalité politique établie, les pauvres sentent bientôt qu'elle est affaiblie par l'inégalité des fortunes, et comme égalité, c'est indépendance, ils s'indignent et s'aigrissent contre les hommes desquels ils dépendent par leurs besoins ; ils demandent l'égalité des fortunes. » On proclama donc que « la société est obligée de pourvoir à la subsistance de tous ses membres soit en leur procurant du travail, soit en assurant les moyens d'exister à ceux qui sont hors d'état de travailler ». Le droit du citoyen au travail ou à l'assistance remplaçait désormais l'idée de charité individuelle et privée, d'inspiration religieuse. La critique des libertés dites formelles — c'est-à-dire civile, juridique et politique — au nom des libertés « réelles » a ensuite, on le sait, été portée par les penseurs du catholicisme social et du mouvement marxiste et socialiste.

C'est l'acceptation contemporaine de la partie juste de cette critique qui a conduit à adopter les politiques de l'État providence. En termes modernes, l'égalité des droits politiques incite les individus démocratiques à revendiquer l'égalité des conditions économiques. Elle conduit à adopter des politiques — au sens de *policies* — qui visent à rendre les conditions de vie moins inégales. La politique qui s'efforce d'améliorer les conditions économiques et sociales des citoyens est à la fois une conséquence et une condition de l'exercice de la citoyenneté. Tous les individus démocratiques admettent maintenant qu'en deçà d'une certaine condition économique la citoyenneté devient formelle, parce que la dignité du citoyen n'est pas respectée. De manière irrésistible, la « République » conduit à revendiquer une égalité qui ne soit pas seulement formelle, mais réelle.

Le projet, qu'on peut globalement qualifier de social-démocrate, n'a donc pas été inspiré seulement par la nécessité politique où se trouvaient les nations occidentales de compenser la misère des populations à la sortie de la Seconde Guerre mondiale, de répondre à la critique marxiste des libertés formelles et d'opposer un modèle d'organisation sociale à celui que portait l'Union soviétique. Même si, cela va de soi, les révolutionnaires de 1789 n'avaient pas conçu le développement de l'État providence, ce dernier est une conséquence, décalée dans le temps, de la proclamation de la nouvelle souveraineté et de l'égalité des citoyens. À terme, on ne pouvait faire de l'égalité politique et juridique le principe du lien social sans mener en même temps une action qui cherche à rendre les conditions économiques et sociales moins inégales. La politique des démocraties libérales, qui agit en ce sens par la redistribution fiscale et l'ensemble des politiques d'interventions sociales, s'inscrit dans la conception même de la démocratie moderne. Les citoyens doivent disposer des moyens nécessaires pour exercer concrètement leurs droits, pour que leurs droits ne restent pas seulement formels. La survie matérielle est aujourd'hui un droit du citoyen malheureux auquel la société démocratique, en fonction des principes sur lesquels elle fonde sa légitimité, est tenue de répondre.

L'État providence ne s'oppose pas à l'État libéral : il le prolonge et développe les implications du principe même de la légitimité démocratique. Chargé de corriger les inégalités les plus criantes et de donner un contenu concret à la notion abstraite de la citoyenneté, il en révèle la logique. La dimension proprement politique est au principe de la légitimité de la politique sociale et de l'ensemble des dispositions prises pour intégrer par des mesures compensatoires ceux qui sont incapables de réaliser un projet de vie à partir d'une activité professionnelle et risquent d'être exclus de la vie collective. C'est au nom des droits du citoyen souverain et de la valeur de l'égalité de tous que l'État providentiel prend les mesures destinées à assurer de la manière que l'opinion juge équitable la répartition des ressources ainsi que la survie des plus démunis. En atténuant, par les politiques de revenu minimum, les effets sociaux de la dégradation du marché de l'emploi et de l'affaiblissement des liens familiaux et sociaux, l'État national, dans tous les pays européens, se conforme à la logique de l'ambition démocratique. Il s'efforce d'intégrer tous les individus à la vie collective.

La citoyenneté ne se réduit pas à la « citoyenneté économique et sociale », mais cette dernière est devenue une condition de l'exercice de la véritable démocratie. Le terme de libéralisme, qui était lié depuis la fondation des États-Unis à l'idée de liberté politique, civile et économique, y désigne maintenant les principes et les politiques publiques qui ont pour but d'intervenir dans la vie économique et sociale et de redresser les inégalités les plus criantes. Depuis vingt-cinq ans dans toute l'Europe occidentale, le droit à l'assistance s'est progressivement étendu à des catégories nouvelles, on a instauré des formes de revenu minimum accordé aux plus démunis, indépendamment de tout rapport à un emploi passé, futur ou indirect, et de tout handicap physique ou social. La politique d'intervention sociale prend en compte la légitime ambition d'assurer à tout citoyen, outre l'égalité juridique et la liberté politique, les conditions de vie matérielles qui assureront sa dignité. Pendant plusieurs décennies, l'État providence a paru être le moyen de résoudre les contradictions entre l'ordre politique, fondé sur l'égalité juridique et politique des citoyens, source de la légitimité politique, et la perpétuation, probablement inévitable, des inégalités de l'ordre économique et social ; en d'autres termes, de gérer les tensions entre l'égalité des citoyens et les inégalités de la vie économique et sociale.

Les sociétés du *welfare* sont ainsi la condition et la conséquence de la notion toujours plus inclusive de la citoyenneté. Pendant la période qu'on peut rétrospectivement juger miraculeuse des « Trente Glorieuses », de 1945 à 1975, l'intégration sociale a été assurée par le développement économique, l'activité professionnelle généralisée grâce à la diffusion du salariat, l'enrichissement collectif et l'embourgeoisement, au moins relatif, de la classe ouvrière. D'année en année, chacun augmentait son bien-être matériel — qui restait pourtant objectivement modeste lorsqu'on le compare au présent —, chacun était persuadé que ses enfants se feraient une place confortable dans la société, en tout cas meilleure que la sienne. Les immigrés partageaient cette conviction qui leur faisait accepter des conditions de travail et de vie très difficiles. Grâce aux transferts sociaux assurés par la politique de l'État providence ceux qui, provisoirement ou définitivement, n'avaient pas ou plus de place sur le marché de l'emploi se voyaient assurer des ressources compensatoires. La redistribution des richesses vers les catégories fragilisées par l'âge (les enfants, les retraités), les conditions de santé (maladie, accidents du travail) ou les conditions du marché (chômage) a eu pour objet et pour effet d'intégrer tous les individus dans un système unique de redistribution, en particulier les classes ouvrières marginalisées par la première révolution industrielle. Les mécanismes de redistribution constituaient un instrument d'intégration. Les inégalités dans la répartition des richesses occupaient les esprits. L'interrogation sur la cohésion sociale, qui fut posée dès la naissance de la société moderne et de la sociologie, avait été comme mise entre parenthèses par les succès de l'État providence.

LA CRITIQUE DES INSTITUTIONS

L'installation permanente de populations d'origine étrangère, dont beaucoup sont de tradition musulmane, les effets de la crise économique et les déficits de l'État providence ont récemment rendu à cette interrogation toute son actualité. Le pacte social des années prospères — fondé sur l'enrichissement général, le plein emploi, l'extension du salariat et les compensations données à ceux qui ne pouvaient participer à la production — semble remis en question. Le fondement même de l'État providence enfin est critiqué : on l'accuse de n'assurer la redistribution des richesses qu'à l'intérieur des classes moyennes et d'être devenu une machine à exclure les autres. On s'interroge à nouveau sur la capacité des sociétés productivistes et individualistes à assurer le lien social, alors que la diffusion des aspirations démocratiques porte chaque citoyen à critiquer toute institution et toute autorité.

L'affaiblissement du civisme et la contestation du travail

On avait analysé dans un ouvrage précédent, écrit à la fin des années 1980, comment les institutions dites de la «république», qui, d'ailleurs, prolongeaient, pour certaines d'entre elles, directement les institutions du passé prérépublicain — l'École, l'Église, l'armée, les syndicats, les partis politiques et l'État —, avaient contribué entre le milieu du XIXe et du XXe siècle à constituer la population nationale à partir de populations diverses par leurs origines géographiques et leurs appartenances sociales, y compris les migrants venus de l'étranger et leurs enfants[5]. Les enquêtes réalisées au cours des années 1980 montraient alors que cette histoire, pour l'essentiel, se poursuivait. Les grandes institutions nationales, et en particulier l'École, même si elles avaient perdu de leur prestige et de leur efficacité, continuaient à transformer les enfants de toutes origines en citoyens. Quinze ans après, l'intégration des enfants de migrants, comme celle de la population tout entière, apparaît plus problématique. L'invocation des difficultés de l'intégration structurelle liées à la crise économique, aux troubles sociaux et à la situation géopolitique mondiale avec l'opposition entre l'islamisme et le monde démocratique ne suffit pas pour expliquer cette situation nouvelle, même si tous ces facteurs concourent à l'évolution des modalités de l'intégration. C'est le lien social lui-même qui s'est transformé avec la diffusion des exigences démocratiques.

La critique radicale des institutions se porte de manière privilégiée sur toutes les instances politiques, lieu de la gestion du collectif, et, en particulier, sur celles qui organisent la représentation politique. L'État et les grandes institutions étatiques sont d'autant plus critiqués qu'ils ont été, en France, les instruments de la construction nationale. Selon la formule célèbre de Bernard Guénée, c'est l'État qui a créé la nation. C'est la volonté des rois, au cours des siècles, qui a constitué, par l'action de l'État, un espace politique de plus en plus unifié et conscient de lui-même. Les grandes instances de l'intégration stato-nationale, telles l'École, l'armée, la justice, sont aujourd'hui soumises à des contestations renouvelées. Ni dans l'école ni même devant la justice, l'autorité n'est respectée en tant que telle, elle doit se conquérir. L'État lui-même, dont l'action s'étend de plus en plus aux domaines les plus quotidiens de la vie collective, délègue volontiers ses moyens d'action à des acteurs privés — les associations — et aux collectivités locales. Son pouvoir de contrôle s'affaiblit. L'État central et centralisateur, aujourd'hui éclaté, intervenant dans trop de domaines, assure mal la régulation des acteurs qui agissent en son nom.

L'École illustre le mieux cette remise en cause des institutions nationales. Dans la tradition française, elle a toujours été l'école du citoyen. Par-delà le contenu même de l'enseignement, l'École, pour les républicains, avait été construite comme un espace fictif, dans lequel les élèves, comme les citoyens, devaient être traités de manière égale, indépendamment de leurs caractéristiques familiales et sociales. C'était un lieu, au sens matériel et abstrait du terme, qui était construit contre les inégalités réelles de la vie sociale, pour résister aux mouvements de la société civile. L'ordre de l'école était, comme celui de la citoyenneté, impersonnel et formel. L'abstraction de la société scolaire devait former l'enfant à comprendre et à maîtriser celle de la société politique. Cette conception apparaît aujourd'hui en complet décalage avec une société individualiste, dans laquelle chacun se donne le droit de critiquer toute autorité en tant que telle et revendique que soient pleinement reconnues son « identité » et son « authenticité ». L'école n'est pas isolée du milieu social dans lequel elle baigne et qui lui donne les ressources avec lesquelles elle fonctionne. Dans les ghettos urbains, où se concentrent désormais certaines populations descendantes des migrants, en échec scolaire et social, socialement marginalisées — ce qui ne signifie évidemment pas que tous les descendants de migrants sont dans ce cas —, les révoltes et les incivilités ainsi que les expressions de convictions religieuses se manifestent, en particulier chez les plus jeunes, avec une force renouvelée. L'École n'a ni les moyens d'échapper totalement à l'influence de la société civile ni les moyens d'imposer des règles à un milieu violent où on les refuse radicalement. Si les normes communes sont contestées à tous les niveaux, comment les enseignants pourraient-ils imposer leur respect ?

Cette contestation de toute autorité affaiblit même la légitimité des gouvernements issus de l'élection contrôlée par les règles de droit. L'expression d'« état de grâce » désigne cette période pendant laquelle le gouvernement nouvellement élu est reconnu comme pleinement légitime, donc susceptible d'agir éventuellement contre la majorité de l'opinion publique immédiate au nom de l'intérêt général. En France, la période est désormais courte, de l'ordre de six mois. La possibilité d'agir de Jacques Chirac en 2002 a même été marginalement contestée dès cette période, tant son élection paraissait « particulière ». Ensuite, en France, les manifestations — leur nombre, leur conviction, leur élan, leur rythme — et l'opinion telle que la mesurent — et contribuent à la créer — les sondages d'opinion et les commentaires des journalistes spécialisés partagent, de fait, la légitimité politique avec le gouvernement. Les défilés contre le renvoi d'Henri Langlois de la direction de la Cinémathèque furent au mois de février 1968 une répétition des événements du mois de mai suivant. Les manifestations pour la défense de l'école privée en juin 1984 ont fait reculer le gouvernement dirigé par Pierre Mauroy qui a renoncé à son projet sur l'école publique, le président de la République a remplacé son Premier ministre. Celles des étudiants et lycéens en décembre 1986 ont entraîné l'échec de Jacques Chirac aux élections présidentielles de 1988. Outre leur connotation positive dans un pays toujours indulgent à l'égard des revendications publiques, ces formes d'action immédiates et apparemment spontanées — alors qu'elles sont professionnellement organisées et ritualisées, négociées avec les autorités — suscitent la sympathie de l'homme démocratique. Elles sont en phase avec l'air du temps, que contrarient la rigueur et le formalisme des procédures du vote. La démocratie n'aime pas les formes, elle est une civilisation du *hic et nunc*, du réel opposé au formel.

La tension entre l'idée démocratique — qui implique la proximité et même la similarité entre l'électeur et l'élu — et l'idée de représentation est constitutive de la démocratie moderne. Elle s'était exprimée clairement au cours des débats de la fin du XVIIIe siècle : les élus devaient-ils être à l'image des électeurs ou bien être plus vertueux, plus riches et plus talentueux ? L'élection ne comporterait-elle pas inévitablement une dimension aristocratique, si les représentants ne ressemblaient pas à leurs électeurs ?[6] Les controverses de l'époque se sont conclues par l'adoption de l'idée et de l'idéal de la république représentative et de son instrument privilégié, le vote. La conception, alors formulée par Madison, fut adoptée, selon laquelle la représentation permettait de choisir des hommes sages susceptibles de percevoir le véritable intérêt du pays grâce à leur patriotisme et à leur amour de la justice, aptes à ne pas céder aux considérations éphémères et partiales qui mènent les électeurs. Il fut admis que les élections à intervalles réguliers, l'indépendance des élus vis-à-vis de leurs électeurs, la liberté des gouvernés d'exprimer leur opinion et la soumission des décisions publiques à la discussion compensaient le caractère aristocratique de l'élection. C'est cette conception qui est aujourd'hui affaiblie puisque aucune institution n'est désormais au-dessus de la critique, éventuellement radicale. Chaque individu se sent pleinement qualifié pour s'exprimer directement, lui-même, sans le truchement d'un représentant. Les démocrates n'aiment pas les médiations. Toute distinction — entre électeur et élu, par exemple —, toute hiérarchie tend à être perçue comme discriminatoire. En 1968, même les jésuites critiquaient l'autorité de l'Ordre. Nous retrouvons donc aujourd'hui les débats qui ont accompagné la naissance de la république représentative il y a plus de deux siècles, au fur et à mesure que se déploient la logique démocratique et l'intériorisation croissante par les citoyens des valeurs de l'individualisme.

Même à l'intérieur des partis de gauche, la légitimité du vote est affaiblie. Après les résultats du référendum interne au Parti socialiste, favorables à 59 % (avec 80 % de participation) au « oui » au projet de traité constitutionnel sur l'Europe, les « minoritaires» du parti ont fait une campagne nationale en faveur du «non». Du côté des gaullistes traditionnels, on a invoqué l'inspiration et la tradition du gaullisme pour refuser que le candidat de droite soit choisi par le vote des militants. Les individus démocratiques pensent que leur dignité est acquise une fois pour toutes. Le droit de voter apparaît plus essentiel que l'exercice du vote. La revendication du droit de vote des étrangers s'accompagne souvent de l'exercice fort irrégulier de ce même droit par leurs enfants qui en disposent. Ce sont les plus riches, les plus âgés et les plus diplômés qui participent régulièrement aux différents scrutins, les autres votant selon les circonstances. Une sorte de vote censitaire s'est établi dans les faits, alors que le vote donne aux plus modestes, aux plus jeunes et aux moins diplômés les moyens d'être civilement, juridiquement et politiquement égaux aux autres.

L'affaiblissement du crédit accordé aux institutions représentatives se conjugue en France avec une participation partisane et syndicale anémique, révélant la réticence des citoyens démocratiques à l'égard de la sphère publique. Le cas est particulièrement flagrant dans un pays où les partis n'ont organisé que tardivement et imparfaitement la vie politique et où leur activité reste souvent limitée à la seule préparation des élections. Les deux partis de gouvernement (Parti socialiste et Union pour un mouvement populaire) ne sont pas des partis de masse, ils rassemblent chacun plus de 200 000 adhérents, grâce aux efforts récents pour en accroître le nombre. Les autres partis, dont les effectifs sont très faibles, jouent dans le débat politique un rôle disproportionné avec le nombre de leurs adhérents. Le Parti communiste qui avait longtemps organisé la scène politique en France et en Italie, aujourd'hui marginal en terme de votes, continue à jouer un rôle actif dans les débats et négociations de la gauche et de l'extrême gauche. Au printemps 2004, d'après un sondage Eurobaromètre, 13 % des Français déclaraient « plutôt » faire confiance aux partis politiques et 79 % « plutôt pas ». Les militants sont à l'image des électeurs qui votent effectivement, plus âgés, plus diplômés et plus masculins que la moyenne de la population. Les scores cumulés obtenus par les candidats « hors système » (Lutte ouvrière, Ligue communiste révolutionnaire, Parti des travailleurs, Chasse-Pêche-Nature-Traditions, Front national et Mouvement national républicain) au premier tour des élections présidentielles représentaient 2 % des votes exprimés en 1981, 17 % en 1988, 34 % en 1995 et 2002.

Quant aux syndicats, marqués par leur division et leur nombre croissant ainsi que par leur héritage de contestation radicale, ils ne jouent en France ni le rôle de prestataires de services, comme dans les pays nordiques, ni celui de négociateurs des conditions de travail avec le patronat, comme en Allemagne, ni celui d'acteurs politiques comme ils le font à l'intérieur du Parti travailliste en Grande-Bretagne. Le nombre des syndicats s'est encore accru au cours des dernières années avec l'apparition d'un syndicalisme catégoriel (FSU, SUD-PTT, Confédération paysanne). Les effectifs militants sont modestes : 8 % des salariés sont syndiqués, et moins de 5 % si l'on s'en tient au secteur privé. Les ressources financières des syndicats proviennent essentiellement non des cotisations de leurs membres, mais des subventions, directes ou indirectes, des entreprises et de l'État. Les plus grandes organisations syndicales contrôlent mal les mouvements de revendication catégoriels et ne savent comment répondre aux mobilisations autour des thèmes nouveaux, contre la mondialisation, du style du mouvement ATTAC. La négociation collective ne concerne qu'un salarié sur quatre parmi ceux qui sont inclus dans le champ d'application des conventions collectives et à peine plus de la moitié des établissements de 50 salariés et plus, pour lesquels cette négociation est obligatoire.

Selon les sondages d'opinion, 44 % des Français déclaraient, en 2003, s'intéresser à la politique contre 62 % en 1994. Beaucoup d'observateurs avancent l'idée que, si les citoyens critiquent les institutions de la représentation et refusent d'y participer, cette conduite serait compensée par des formes d'activité politique nouvelles, dont l'adhésion massive à des associations serait le témoignage : 45 % des Français sont membres d'une association. Le nombre des associations, déjà élevé, augmente et la défense des « sans » (sans-papiers, femmes, jeunes des banlieues, minorités sexuelles) donnerait lieu aux premières formes d'une démocratie participative, plus vivante et plus authentique que celles de la démocratie représentative. Les enquêtes conduisent à nuancer la célébration de la vie associative. Les militants dans les associations civiques sont souvent les mêmes que ceux qui participent à la vie politique traditionnelle. Parmi les grandes associations nationales, certaines, SOS-Racisme ou France-Plus par exemple, ont été organisées par des hommes politiques. Beaucoup d'associations locales sont créées pour obtenir des subventions des pouvoirs locaux et leur activité réelle est restreinte. Le militantisme associatif, dans bien des cas, est provisoire. Les comités de quartier, traitant de questions locales, rassemblent des habitués, représentants associatifs, citoyens engagés ou directement concernés par la décision discutée, ils attirent peu les habitants ordinaires. Les associations civiques ne connaissent pas la même activité que les associations purement humanitaires. Elles n'incitent guère de nouvelles populations à participer à la vie publique. Quelle que soit leur efficacité sur tel ou tel problème ou l'occasion qu'elles donnent à certains d'agir en faveur d'un groupe particulier, la vie associative ne favorise pas l'intégration civique comme pourraient le faire les organisations syndicales représentatives et reconnues par le code du travail ou les partis politiques.

Le développement d'Internet va-t-il conduire à une nouvelle étape de la « démocratie participative », aujourd'hui encore quelque peu mythique ? Les progrès techniques mettent désormais à la disposition de tous les documents qui permettraient à chaque citoyen conscient et organisé de comprendre les problèmes posés à ses représentants et le sens des décisions qui sont prises. Mais, dans la réalité, combien profitent de cette possibilité ? Un blog serait créé toutes les dix secondes en France offrant des forums de discussions en ligne. Un enseignant de Marseille a créé un site pour mener avec succès la campagne contre la ratification du traité constitutionnel sur l'Europe en 2005. On peut pourtant douter que la technique permette par elle-même de remplacer la volonté des hommes d'agir en tant que citoyens. Les électeurs, en général, semblent préoccupés par leurs seuls problèmes personnels et non par les problèmes généraux de la politique nationale ou internationale, comme l'a révélé brutalement le dialogue avorté entre les « jeunes » et le président de la République sur TF1 lors de la campagne sur le traité constitutionnel, le 14 avril 2005. Au discours sur les valeurs démocratiques portées par le projet européen — dans le style politique le plus traditionnel — les «jeunes» répondaient par des questions sur leur avenir et leurs problèmes personnels. Étant donné la multiplication du nombre de forums de discussions, les individus, contraints à choisir, se dirigent vers les sites où ils trouvent exprimées leurs propres opinions. L'enfermement ethnique et la segmentation deviennent des conséquences paradoxales de la révolution numérique, et la Toile le lieu d'une juxtaposition de tribus virtuelles, même si le hasard de promenades mal contrôlées sur le Web peut faire naître des liens imprévus[7]. Ce n'est pas parce qu'ils trouvent que leur domicile est éloigné du bureau de vote que les citoyens ne remplissent pas leur devoir électoral, mais parce qu'ils se désintéressent de la politique. Internet pourra-t-il, par lui-même, leur donner la volonté d'agir en citoyens?

La critique des institutions politiques se conjugue avec les effets sociaux de la crise économique. On a assisté, au cours des dernières décennies, à la fin d'une organisation économique qui garantissait le plein emploi. En même temps, le Parti communiste et son idéologie, qui donnaient un sens et une perspective d'avenir à la condition ouvrière, se sont décomposés. La désinstitutionnalisation des relations familiales, d'autre part, et l'affaiblissement des solidarités obligées entre les membres de la famille entraînent l'amenuisement des autres relations sociales. Le chômage remet en question le statut de l'individu dans la société mais aussi à l'intérieur du groupe familial. Il risque de provoquer l'affaiblissement et parfois la rupture des liens conjugaux et même filiaux. Les chômeurs, qui ont le sentiment d'être atteints dans ce qui constitue leur dignité personnelle, restreignent d'eux-mêmes leurs échanges amicaux. Le risque de connaître le processus d'exclusion est étroitement lié à la solitude. Plus de la moitié des allocataires du RMI n'ont aucun lien familial. Les individus isolés sont moins susceptibles de trouver un emploi ou d'en retrouver un s'ils ont été licenciés. Sans doute l'appui familial permet-il souvent aux individus de traverser une période difficile : les parents continuent à loger leurs enfants adultes qui ne trouvent pas d'emploi ; des membres de sa famille aident financièrement le chômeur, le soutiennent par des prestations en nature ou mobilisent leurs relations pour lui retrouver un emploi ; c'est bien souvent la famille qui prend en charge la personne âgée dépendante. Mais il s'agit toujours de décisions personnelles dont tous ne bénéficient pas. Ces évolutions globales de la structure sociale se traduisent, au niveau des individus, par le risque accru de connaître un processus d'exclusion. Quelles formes peut prendre l'intégration sociale dans des sociétés organisées autour de la production et des valeurs de l'efficacité, lorsqu'on ne peut plus assurer un emploi, fondement de la dignité des hommes, à un grand nombre de personnes, lorsque les employés et les ouvriers, qui constituent 60 % de la population active, ont le sentiment d'être humiliés et déclassés[8] ?

De plus, même ceux qui ont un emploi ont souvent le sentiment que l'on fait la part trop belle aux revenus du capital. La proportion des salaires dans la valeur ajoutée, après avoir régulièrement augmenté jusque dans les années 1980, se maintient pourtant, depuis lors, à environ 56 %-57 % du PIB (elle avait atteint 60 % en 1980). Mais les revenus du capital apparaissent aux salariés comme moins légitimes, ils semblent remettre en cause la valeur même du travail. D'autre part, la nécessité des restructurations, imposée par la mondialisation de l'économie, conduit à des licenciements plus fréquents et les salariés, moins assurés de leur avenir dans l'entreprise, s'engagent avec plus de réticence dans leur travail[9]. L'accroissement des revenus issus du *welfare* remet également en cause le grand intégrateur qu'est le travail. Le décalage perçu entre les revenus issus du travail et les revenus du capital, d'un côté, entre les revenus issus du travail et les revenus liés à la protection sociale, d'un autre côté, fragilise les processus d'intégration traditionnels. Dans le cas français — mais il est unique — les lois sur la réduction du temps de travail, en privilégiant les loisirs de la population salariée, ont également contribué à éroder la valeur accordée au travail.

L'intégration humiliante

Il est unanimement admis que l'État social est en recul et que le projet de la social-démocratie est épuisé. Pourtant aucune donnée quantitative ne vient appuyer cette affirmation. La part des ressources collectives redistribuées par l'État providence n'est pas moindre aujourd'hui qu'hier. Entre 1991 et 1999, les prélèvements de l'État et des organismes sociaux ont même augmenté de plus de 20 %, ils représentaient 37 % du PIB en 1999. Mais ce que traduit la vulgate sur le déclin de l'État providence, c'est que la politique d'intervention sociale a effectivement changé de sens. Conçu essentiellement pour assurer la solidarité de tous ses membres en compensant les aléas de leur existence — maladie, charges familiales, accidents du travail et vieillissement — l'État providence est devenu, au fur et à mesure des besoins, avant tout un État d'assistance pour les populations en voie de précarisation ou précarisées.

De la solidarité il est passé à l'assistance. Alors que, sous sa première forme, il respectait la dignité de tous ceux dont les droits étaient nés d'un emploi, éventuellement différé, il n'en est plus de même. L'assistance, on le sait, risque d'humilier ceux qui en bénéficient. Elle établit une relation d'inégalité entre celui qui a le pouvoir d'assister et celui qui est assisté, elle est contradictoire avec la reconnaissance de la dignité de l'autre.

Ce n'est pas dire pour autant que la politique d'intervention sociale ait perdu son sens. Même si elle est essentiellement compensatoire, elle continue à être un facteur d'intégration. Elle est débordée par l'ampleur des populations à prendre en charge et la crise financière qui en résulte, mais elle n'est pas devenue pour autant seulement une machine à exclure. Le rôle intégrateur de la politique sociale est évident en ce qui concerne les assistés installés depuis des années dans cette condition, c'est-à-dire ceux qui sont régulièrement pris en charge par les services sociaux, parfois depuis des années. Il existe aussi pour ceux pour lesquels le processus d'exclusion ou de marginalisation est le plus avancé. Pour eux, obtenir le RMI, c'est disposer de quelques ressources, même si elles sont très limitées; c'est aussi, pour une personne qui s'est retrouvée privée de tout échange social, établir quelques liens avec les travailleurs sociaux, c'est aussi obtenir, même s'il est très modeste, une forme de statut social. Mais l'assistance ne donne qu'une intégration au rabais.

De manière inévitable, la politique sociale disqualifie ceux auxquels on apporte des secours, même si elle se fonde non sur l'idée de la charité mais sur le droit de tout citoyen à bénéficier de conditions de vie décentes. Les individus de l'âge démocratique acceptent tous l'idée que celui qui ne dispose pas de conditions décentes d'existence ne saurait être un véritable citoyen. Vivre de manière respectable, même modestement, leur paraît une condition nécessaire pour pratiquer réellement la citoyenneté politique. Mais, en même temps, les transferts sociaux ont pour effets pervers de donner à leurs bénéficiaires un statut d'assistés et de consacrer leur échec. Il ne s'agit pas d'assimiler la politique d'intervention sociale à un contrôle social d'ordre policier. Il est totalement irréaliste, d'autre part, d'évoquer la possibilité de revenir à la charité privée qui, dans son principe même, remet en question la dignité de ceux qui reçoivent des secours. Mais il serait également utopique de ne pas prendre conscience des limites inhérentes à toute politique sociale qui agit sur les effets de la crise économique. Dans une société globalement riche, fondée sur la valeur de l'égalité de tous les hommes, la politique sociale est aussi souhaitable qu'inévitable, on ne saurait surestimer l'importance des transferts financiers pour assurer la survie matérielle des plus démunis. Mais elle ne peut apporter, par elle-même, qu'une compensation essentiellement matérielle à une situation qui touche aussi à la dignité des individus.

La condition objective des pauvres — c'est-à-dire de ceux qui risquent d'être ou qui sont déjà entraînés sur la trajectoire susceptible de mener à une exclusion croissante — est sans doute plus favorable que dans toute autre société historique connue. On ne meurt plus de faim. Ce qu'on pourrait appeler les « miettes » du festin des démocraties occidentales permettent aux plus marginaux de subsister. Mais les conditions objectives ne se confondent pas avec les expériences des individus. Le progrès matériel n'épuise pas le sens des expériences vécues. Il n'empêche pas d'éprouver, il peut tout au contraire susciter un sentiment fort de privation relative. L'expérience de la stigmatisation est probablement aujourd'hui plus forte qu'autrefois, bien qu'il soit impossible, bien entendu, de mesurer les souffrances des hommes. Être pauvre dans nos sociétés, c'est se retrouver marginalisé et de plus en plus exclu de la vie collective, c'est avoir perdu par étapes successives les occasions d'échanges avec les autres. Être pauvre, c'est avoir échoué, puisque la société, organisée autour de la production et de la gestion des richesses, se donne pour objectif collectif d'assurer le bien-être matériel de tous. Dans des sociétés fondées sur l'égalité de conditions, pour reprendre l'expression de Tocqueville, qui ouvrent à tous toutes les possibilités et toutes les ambitions — mieux, qui font un devoir à chacun d'améliorer sa condition matérielle —, la pauvreté ne peut plus être vécue comme une condition imposée par le destin et partagée par beaucoup d'autres, comme elle le fut pendant des siècles lorsqu'elle constituait l'expérience la plus répandue; elle révèle et consacre l'incapacité et l'échec personnels du pauvre ou de l'exclu.

Il existe de nombreuses manières d'être «inclus» ou «exclus». Les individus ne sont pas, une fois pour toutes, «intégrés» ou «exclus», moins encore «des intégrés» ou «des exclus» — aucun individu n'étant jamais totalement hors du jeu social —, mais il existe des populations en état de fragilité ou de précarité qui ont une probabilité plus ou moins forte de connaître, ou qui connaissent effectivement, un processus susceptible de les exclure de la vie collective, professionnelle et relationnelle, ou — pour reprendre un autre concept traditionnel de la sociologie — de les marginaliser. Même des individus qui paraissent bien intégrés par un emploi fixe peuvent connaître cette expérience s'ils sont réduits au chômage par la fermeture de leur entreprise. Mais, le plus souvent, c'est le cumul des handicaps sociaux — familles modestes et désunies, échec scolaire, absence de formation, chômage — qui risque de déclencher ce processus. Cela ne signifie pas que tout individu qui perd son emploi soit nécessairement conduit jusqu'au terme d'une trajectoire qui le mènerait inexorablement jusqu'à la rupture de tous les liens sociaux. Mais il existe un risque d'une dynamique descendante, avec l'horizon d'une rupture possible de tous les liens sociaux.

La distinction qu'avance Serge Paugam entre une pauvreté « intégrée » dans les sociétés traditionnelles, où la pauvreté est une condition normale et où les pauvres participent normalement à la vie collective, et la pauvreté « marginalisée » des sociétés modernes, où la pauvreté est condamnée et où les pauvres sont en voie d'exclusion, montre que c'est dans les termes de l'intégration que se pose d'abord le problème des pauvres dans les démocraties providentielles[10]. La pauvreté ne se définit pas seulement par le manque de ressources économiques, mais par l'effritement ou l'épuisement des échanges sociaux. Si, dans les sociétés pauvres, les pauvres peuvent connaître une condition qui n'implique ni isolement ni humiliation, ce n'est plus le cas dans les sociétés démocratiques.

Les intermittences du cœur

La critique des institutions et l'invention de nouvelles normes par l'individu sont particulièrement sensibles dans la vie privée, moins soumise aux contraintes imposées par l'organisation de la vie en commun et par la collaboration des hommes au travail. L'École, l'entreprise ou l'armée, par les exigences qui leur sont propres, ne peuvent pas ne pas imposer certaines limites à la liberté des individus. En revanche, dans l'ordre familial comme dans celui des croyances et des pratiques religieuses renvoyées à la vie privée, l'individu démocratique peut plus facilement adopter des conduites nouvelles et formuler des aspirations originales.

C'est ainsi qu'a été fondamentalement transformée la famille dite conventionnelle, héritée du code civil de 1804. Ce dernier imposait la prééminence de l'intérêt de la famille sur celui de ses membres, en négligeant les réalités biologiques et l'authenticité des sentiments. Le mariage devait durer jusqu'à la mort du conjoint (le divorce, après une brève période révolutionnaire, n'a été admis qu'en 1881, pour « faute ») et assurer la reproduction de la famille. Selon la fiction juridique, l'enfant était l'enfant du mari de sa mère. L'enfant illégitime était dépourvu de tous droits. L'infériorité de la femme était inscrite dans la législation, l'époux parlait au nom de toute sa famille. On a d'ailleurs envisagé, au cours du XIXe siècle, d'accorder un droit de vote plural du chef de famille, en arguant du fait qu'il représentait sa femme et ses enfants.

Le droit de la famille dans les années 1970 a consacré les transformations nées des deux grands faits qui avaient radicalement changé la condition féminine : l'égal accès des femmes à la citoyenneté (1944) et, par suite, à tous les emplois publics ou privés ; la maîtrise de leur fécondité. La loi Neuwirth a légalisé l'utilisation des moyens contraceptifs en 1967, la loi Veil, l'interruption volontaire de grossesse en 1975. La famille est désormais fondée sur l'égalité des conjoints, sur la vérité des héritages biologiques et sur la reconnaissance du caractère essentiellement sentimental des liens familiaux, destinés à assurer non la permanence de la famille, mais l'épanouissement personnel de ses membres. Tocqueville avait déjà annoncé que, dans la démocratie, on ne connaîtrait plus ni ses ancêtres ni ses descendants, et qu'on ne prendrait en compte que les personnes que l'on connaît effectivement, ses parents et ses enfants[11]. La famille, en tant qu'entité, n'existe plus indépendamment des individus qui la composent.

Le code civil avait imposé la norme de la confusion du mariage, des relations sexuelles et de la parenté au nom de l'intérêt supérieur de la famille et, à travers elle, de l'ordre social. Le mariage, sacrement de l'Église catholique, avait été consacré par le code civil comme un sacrement laïque. C'est à la dissociation de ces trois éléments qu'on assiste aujourd'hui. À la fiction juridique de la filiation légitime on oppose désormais la vérité de l'héritage biologique, jusqu'à en rechercher la preuve par l'ADN après la mort, comme l'a montré l'exhumation d'Yves Montand. Tout enfant adopté a le droit de connaître son origine biologique. L'enfant qu'on disait illégitime ou adultérin — la qualification même a disparu — se voit reconnaître les mêmes droits que l'enfant né de parents mariés.

De cette dissociation témoignent les chiffres bien connus des naissances hors mariage : près de la moitié des naissances de premier rang, 29 % des naissances de second rang et 20 % des naissances de rang supérieur. Se marier n'est plus une condition ni pour former un couple ni pour avoir des enfants. Le taux de divorce témoigne aussi du sens nouveau donné au mariage. On comptait 9,6 divorces pour 100 mariages en 1960 ; en 2001, pour 100 mariages célébrés, on a prononcé 37 divorces. Encore ces chiffres sous-estiment-ils la réalité, puisqu'ils ne prennent pas en compte les séparations des couples non mariés. À la norme de l'alliance monogame conclue pour la vie succède la légitimité des attachements multiples, successifs ou simultanés. À partir du moment où le mariage unit deux personnes pour des raisons purement sentimentales, le respect des intermittences du cœur se traduit par la diffusion du divorce et l'invention de nouvelles formes de conjugalité.

La reconnaissance du mariage homosexuel, déjà acquise dans plusieurs pays européens, illustre la prééminence accordée aux sentiments des individus aux dépens de la famille comme unité de reproduction de la société. Sa diffusion paraît irrésistible, dans la mesure où il symbolise la forme extrême de la dissociation entre mariage, relations sexuelles et parenté. Il consacre l'idée de « mariage-contrat » entre deux individus, quelles que soient leurs caractéristiques, aux dépens de l'intérêt supérieur de la famille, institution transcendant les émotions et les sentiments du moment. Personne ne songe plus à s'inscrire dans une lignée et à transmettre à ses enfants ce qu'on a reçu de ses aïeux.

Le nouveau rapport au mariage se traduit par la tension, analysée par Irène Théry, entre la dissolution fréquente des couples au nom de l'authenticité des sentiments amoureux et la nécessaire permanence du lien de parenté. Les individus libres et égaux qui contractent un mariage se séparent en fonction de l'évolution de leurs sentiments, le consentement réciproque est l'essence même du contrat. Mais la temporalité conjugale n'est pas celle de la parenté : il faut vingt ans pour élever un enfant. Les conjoints qui se sont quittés doivent garder les liens nécessaires pour remplir leurs obligations de parents. D'où l'idéologie du « divorce réussi », qui permet de conjuguer l'aspiration individualiste à l'épanouissement de chacun des deux anciens époux et leurs devoirs de parents. Le lien filial et le lien fraternel priment le lien conjugal. La parentalité et la fraternité, contrairement à la conjugalité, sont permanentes. Paradoxalement, la logique de l'individualisme extrême aboutit au renforcement des liens biologiques (les parents, les frères et sœurs) aux dépens des liens électifs (le couple conjugal), à un retour de la logique de la « communauté », où dominent les relations personnelles et émotionnelles, au détriment de la « société », instaurant des relations institutionnelles, indépendantes des états d'âme des individus.

On observe la même transformation du rapport aux institutions dans l'ordre du religieux. Les individus préfèrent les petits groupes de croyants, spontanés, fervents et émotionnels. Ils négligent les pratiques organisées par les Églises traditionnelles, qu'il s'agisse, dans le cas de l'Église catholique, des sacrements ou de la fréquentation des cérémonies Ils entendent ne plus soumettre leurs conduites à des normes héritées et imposées par l'institution ecclésiale. Ils inventent des nouvelles manières de croire et de manifester leurs croyances influencées par l'univers médiatique dans lequel ils baignent. Ils élaborent eux-mêmes leur « religion » au nom de la recherche de leur « identité » ou de leur « authenticité ». Ils adoptent une religion « à la carte », en mêlant des éléments empruntés à des traditions différentes, à partir desquels ils élaborent leur mode de croire personnel. Ils construisent leur propre univers de sens. L'Église traditionnelle, qui scandait les rythmes collectifs et offrait les occasions privilégiées de la sociabilité, liait les générations entre elles et inscrivait l'histoire de l'individu dans une histoire qui dépassait son destin personnel ; elle encadrait aussi quotidiennement les comportements de ses fidèles dans ce qu'on a pu appeler la « civilisation paroissiale ». Son rôle est désormais contesté. Au « grand récit » transmis par la tradition de l'Église, qui donnait un sens à l'interrogation métaphysique des hommes et à leur expérience du malheur, se substituent une multitude de « petits récits croyants », selon la formule de Danièle Hervieu-Léger.

Ce processus constitue l'aboutissement de la longue histoire du refoulement progressif du religieux dans la sphère privée. Les pratiques religieuses sont devenues une option personnelle et une modalité d'identification individuelle et provisoire. Paradoxalement, ici encore, cette forme extrême d'individualisation et de subjectivation fait surgir, en réaction, des retours, plus conformes à la logique « communautaire », à une littéralité absolue de la tradition et à un retour à des formes strictement imposées de manifestations religieuses. Le fondamentalisme apparaît comme une réaction à la réinterprétation purement individuelle des pratiques et des croyances.

Si l'on invente volontiers de nouvelles normes dans l'ordre familial et religieux, l'entreprise elle-même, malgré les contraintes imposées par le marché, adopte des modes de gestion qui font appel à l'individualisation des tâches, à la responsabilité, au moins apparente, des acteurs, à une forme de direction « démocratique » qui prend en compte les réactions personnelles des membres du groupe. À l'âge démocratique, le gouvernement des hommes ne peut plus être que « doux », il doit prendre en compte, de manière plus ou moins symbolique, les sensibilités des individus.

Individualisme et intégration

L'individualisme n'est pas par lui-même contraire à l'intégration sociale, encore que les relations purement choisies risquent d'engendrer une grande solitude des personnes âgées — que les enquêtes avaient observée avant que la canicule de 2003 en ait donné une image médiatisée. Durkheim avait déjà souligné l'efficacité de l'intégration organique, née des relations entre individus libres, différents mais complémentaires. Certains avancent même qu'elle crée une forme nouvelle de lien social qui, plus libre, mieux intériorisé, serait plus solide. Les petits groupes religieux émotionnels susciteraient des liens particulièrement chaleureux entre leurs membres, en tout cas provisoirement. Les liens familiaux seraient aussi devenus plus intenses, malgré les apparences[12]. C'est ce que soutient François de Singly. Selon lui, la vie conjugale — paradoxe au moins apparent — s'individualise, la volonté d'être libre prime toute autre considération, les membres du couple prétendent joindre l'ambition d'« être soi » et la vie à deux. Ils refusent donc la relation « fusionnelle », dans laquelle le « soi » se dissout dans le couple, ils pratiquent volontiers l'alternance de la vie seul(e) et de la vie à deux ; cette alternance pouvant se succéder ou se dérouler dans le même temps. Cette ambition, par laquelle on s'efforce de répondre à des désirs a priori contradictoires, explique sans doute que puisse se conjuguer l'aspiration généralisée à la vie de couple, sous toutes ses formes, avec le grand nombre des séparations. Les individus démocratiques veulent garder leur liberté, en particulier dans les liens personnels, l'amitié et l'amour doivent demeurer purement électifs. L'individu se donne même le droit de choisir dans son héritage les membres de la famille qu'il accepte comme ses « ancêtres ». Ces liens choisis et multiples — chacun veut rester maître de soi — sont différents de ceux qu'impose la participation à une « communauté » liée à la naissance, différents aussi de ceux d'une « société » qui serait réduite aux relations commerciales et politiques, comme lors de la « première modernité » (jusque dans les années 1960). Ils sont librement choisis par des individus libres. Dès lors, les relations interindividuelles peuvent « prendre la forme de relations amoureuses, amicales, affectueuses, fraternelles »[13]. Ils pourraient d'autant plus se développer que, grâce à la protection apportée par les institutions de l'État providence, les individus ne dépendent plus des solidarités familiales, de voisinage ou de communauté. La dépendance institutionnelle est la condition de l'indépendance et de la différence des individus ainsi que de leur reconnaissance mutuelle. « La différenciation et l'émancipation sont deux éléments du processus d'individualisation qui se distinguent tout en entretenant des rapports de complicité complémentaire. Elles exigent l'une et l'autre le cadre d'une société qui conserve un haut niveau de solidarité nationale. »[14]

Il importe de nuancer cet optimisme. Il est vrai que ce qu'on appelle couramment la « crise du lien social » autorise le déploiement de libertés nouvelles. La société moderne se caractérise en effet par la multiplicité et la fluidité des rôles et des participations. On n'« appartient » pas à des groupes, qui ne peuvent être que des catégories d'analyse. La société n'est pas formée de groupes concrets, juxtaposés, auxquels « appartiendraient » les individus, mais de populations qui, selon les situations sociales et leur histoire individuelle, choisissent — mais, parfois, se voient imposer — des formes, toujours provisoires, de participations et d'identifications. Mais s'« inventer soi-même » continuellement, choisir ses ancêtres, son identité, ses références, ses amis, ses amours et sa morale n'est pas une capacité universellement répartie [15]. Elle concerne essentiellement les classes moyennes. Leurs membres peuvent effectivement tisser des liens fondés sur leur commune participation à une culture de l'individualisme et de la liberté. Pourtant, si les formes extérieures de la vie des individus démocratiques sont toujours plus proches, qu'il s'agisse de la nourriture ou de l'habillement, donnant l'image ou l'illusion d'une absence de contrainte et d'une uniformisation des conditions, les ressources sociales n'en restent pas moins significativement inégales. Les plus pauvres ou les plus humiliés, qu'il s'agisse des ouvriers ou des assistés, ne disposent pas de la même liberté : quatre ans après leur séparation, 44 % des pères ont constitué un nouveau couple et 28 % des mères ; ceux qui n'ont qu'un emploi précaire et les membres des classes populaires ont également moins de chances de reformer un couple. Les femmes des milieux populaires sont ainsi les premières victimes de la désinstitutionnalisation du mariage. Beaucoup d'entre elles connaissent des situations de pauvreté et d'exclusion à la suite du divorce ou de la séparation. Si, contrairement à la situation passée, les jeunes se suicident désormais plus que les générations plus âgées [16], n'est-ce pas parce qu'ils bénéficient moins de la protection des institutions ? On vit d'autant mieux individuellement qu'on peut s'appuyer sur des ressources objectives et un système de protection sociale. L'individualisme heureux des individus libres est inégalement réparti. Il existe effectivement un individualisme positif, celui des individus munis des ressources personnelles et sociales nécessaires pour choisir librement leurs normes de conduite et en inventer de nouvelles, à l'abri de la protection de l'État providence. Mais il existe aussi un individualisme négatif ou imposé, vécu comme une pure contrainte, que connaissent tous ceux qui ne disposent pas des mêmes moyens personnels et sociaux, tous ceux dont les ressources sont inexistantes ou, en tout cas, inadaptées aux exigences de la vie collective. Or, dans une société de compétition ouverte, qui ouvre formellement à tous toutes les possibilités, les échecs sociaux ne peuvent plus être attribués au destin ou au complot des méchants ; ceux qui échouent ne peuvent s'en prendre qu'à eux-mêmes, ils sont personnellement responsables de leurs échecs. Or, tous les individus démocratiques ont à gérer des échecs sociaux.

On constate que les enfants des classes populaires ont moins de chances aujourd'hui d'atteindre les niveaux scolaires les plus élevés, n'est-ce pas parce qu'ils sont victimes d'une absence de socialisation imposée par des institutions fortes ? Une École et une éducation familiale autoritaires leur donnaient de meilleures chances de compenser leurs handicaps de départ. N'est-ce pas aussi la raison pour laquelle s'accroissent la délinquance et les incivilités ? Depuis la seconde moitié du XXe siècle, on a assisté à la multiplication des atteintes aux biens, éventuellement avec violence, en même temps qu'à la montée des incivilités. La répartition des unes et des autres varie dans l'espace social. Les trafics de drogue, les incivilités, agressions verbales, bousculades, violences, viols, dégradations de l'espace public, se développent dans les banlieues pauvres, majoritairement occupées par des immigrés, renforcés par les rivalités ethniques. Dans les communes les plus riches, dans les centres-villes ou les villes de villégiature sur la Côte d'Azur, les taux de criminalité sont globalement plus élevés que dans les communes de la périphérie des grandes villes, mais il s'agit essentiellement de vols et de cambriolages. La part de la population marginale, non socialisée, laissée à l'état brut, ne cesse de s'accroître. Les actes de délinquance sont plus fréquents, les délinquants sont de plus en plus jeunes. De plus, l'individualisme du quotidien affaiblit le contrôle qu'exerçaient le voisinage et la solidarité locale sur les comportements. Chacun craint d'intervenir dans les affaires des autres et ne cherche qu'à éviter « des histoires ». Les policiers peinent à recueillir des témoignages.

Plus généralement, l'individualisme a pour effet pervers de favoriser objectivement l'intégration normative de ceux qui ont hérité d'une socialisation familiale forte. Les institutions sociales puissantes et assurées d'elles-mêmes, de l'École à l'État, élèvent et protègent les faibles, les institutions contestées laissent à la socialisation par la famille et à l'héritage familial, économique et culturel, un rôle primordial, qui tend à accentuer les inégalités sociales liées au milieu de naissance. Le lien né de l'individualisme, paradoxal au premier abord, peut être efficace pour ceux qui ont bénéficié d'une socialisation énergique et conforme aux valeurs ambiantes, qui ont acquis l'assurance des mieux nés, des plus cultivés et des plus robustes. Le lien de type « individualiste » n'est positif que pour ceux qui ont déjà intériorisé, par leur héritage social et leur éducation, les normes d'une société dont les contrôles extérieurs sont faibles. Comme les lois fortes protègent les plus faibles, comme l'affaiblissement du règne de la loi favorise les plus puissants, les sociétés où le contrôle social est défaillant fragilisent les plus vulnérables.

De plus, même dans les cas les plus favorables, le lien choisi est, en tant que tel, fragile. Les liens qui se veulent purement électifs, sans autre raison d'être que l'épanouissement de soi, qu'ils soient religieux, amicaux ou amoureux, risquent toujours d'être éphémères. Ils reposent sur la seule qualité des personnes et sur leur volonté d'être fidèles à elles-mêmes et aux autres. Les mariages conclus pour la vie et les pratiques encadrées par l'Église organisaient la vie collective en maintenant la permanence de l'ordre familial et social, sinon le bonheur des individus. Les institutions ont précisément pour fonction d'assurer la stabilité de la société par-delà les intermittences du cœur et le remplacement biologique des générations. La légitimité de la critique radicale des institutions remet en cause cette continuité dans le temps des êtres collectifs qui donnait à Simmel le sentiment que la société était immortelle. Jusqu'à quel point peut-on constituer une société sans respecter un minimum d'institutions communes, transmises de génération en génération ? Ne faut-il pas que tous s'accordent sur les grandes valeurs organisatrices de la vie sociale et sur une conception symbolique de l'ordre du monde, ne faut-il pas que tous partagent un même univers de sens ?

LES LIENS DANS LA DÉMOCRATIE PROVIDENTIELLE

Depuis une quinzaine d'années, les institutions les plus directement politiques, l'armée, l'École, les institutions de la démocratie représentative et de l'État, les partis politiques et les syndicats ont perdu de leur efficacité et de leur légitimité. En revanche, les interventions de l'État dans la vie sociale — qu'il s'agisse de la protection sociale au sens étroit du terme, de l'ensemble de la formation scolaire, de la politique culturelle, des politiques successives de la ville ou des politiques antidiscriminatoires — se sont accrues, qu'on les mesure en termes quantitatifs ou qualitatifs. Par cette transformation de l'action publique la société contemporaine se rapproche du type de la « démocratie providentielle »[17].

Les institutions providentielles

Conçues pour répondre aux aspirations à l'égalité réelle et au bien-être de tous les membres de la société, les institutions providentielles couvrent des secteurs de plus en plus larges de la vie sociale. Les démocraties sont concentrées autour de l'idée de justice sociale et de protection de tous les individus. Les partisans d'instituer une allocation universelle indépendamment de tout critère ou de toute condition invoquent l'exigence de l'intégration sociale, il s'agit, selon eux, de « favoriser l'effervescence de nouvelles solidarités, de nouveaux modes de coopération et d'échange par lesquels des liens sociaux et de la cohésion sociale soient créés au-delà du salariat »[18]. L'action sociale est devenue la démocratie en acte, la protection sociale la source première de l'intégration sociale[19].

On ne saurait épuiser la signification des politiques d'intervention sociale en invoquant la nécessité du seul contrôle social sur des populations marginales par leur pauvreté — et leur possible délinquance —, comme l'ont fait les critiques des années 1970 influencés par Michel Foucault. Les politiques à l'égard des personnes marginalisées du système économique et social (pauvres, chômeurs, chefs de familles monoparentales, assistés ou, dans un autre ordre, délinquants, etc.) font aussi partie du projet de protection généralisée, qui est au cœur de l'inspiration même de l'État providence. Les politiques à l'égard des pauvres manifestent la volonté de maintenir l'ordre social, mais aussi la solidarité qui unit les citoyens dans les sociétés démocratiques. On ne devrait pas qualifier tout ordre social de tyrannique, en négligeant les différences politiques qui séparent l'exercice du pouvoir dans les régimes démocratiques et dans les régimes autoritaires ou totalitaires. Les politiques publiques sont des instruments de contrôle social, mais leur nature est ambiguë, entre la charité et le maintien du statu quo. L'État providence est aussi un vaste projet d'intégration de tous assurée par la redistribution des richesses entre les membres d'une même société nationale.

L'État intervient aujourd'hui toujours plus pour satisfaire les besoins sociaux, mais aussi éducatifs, culturels, sportifs et identitaires (ou « ethniques ») des individus. C'est ainsi, par exemple, que les politiques publiques s'efforcent de garantir un minimum de ressources aux plus défavorisés : en France, il n'existe pas moins de huit minima sociaux. Il s'agit aussi de favoriser la scolarisation des plus modestes, on sait que la part des ressources collectives consacrées à l'éducation ne cesse d'augmenter. L'École accueille de plus en plus de jeunes pendant une durée de plus en plus longue. L'égalité des chances est une des ambitions proclamées de la démocratie. L'action de l'École est complétée par l'action des institutions culturelles qui tendent à assurer l'accès à la culture au plus grand nombre, le budget de la culture représentant désormais près de 1 % du budget national. La politique de l'État s'est également développée dans la lutte contre les discriminations, pour garantir l'égalité de tous devant l'École, le logement et l'emploi (c'est dans la lutte contre les discriminations que la politique anglaise, par exemple, est la plus active). Plus généralement, l'action de l'État vise à assurer à tous la protection et l'égalité des chances. En France, les dispositifs de lutte contre le chômage et l'exclusion avec l'instauration de divers emplois à statuts particuliers (contrats emplois solidarité, emplois jeunes, etc.), les politiques des zones d'éducation prioritaire (ZEP) dans l'ordre scolaire, les diverses lois prises, dans le cadre de la politique de la ville, pour « redynamiser », selon le vocabulaire politico-administratif, les quartiers modestes excentrés des grandes villes ou les mesures adoptées pour lutter contre les discriminations raciales, pour ne prendre que les exemples les plus frappants, se sont multipliés au cours des dernières années.

Les politiques « providentielles » n'intègrent pas moins les populations de toutes origines que les institutions nationales, mais elles les intègrent autrement. Le changement n'est pas seulement quantitatif, il implique une philosophie différente de l'action publique et surtout il instaure une nouvelle forme de lien social. La dimension proprement politique de la vie collective s'est affaiblie au profit des interventions qui s'efforcent d'assurer des conditions de vie convenables à tous et de protéger les plus modestes. L'État se donne désormais pour objectif premier et pour légitimité de répondre aux besoins des hommes démocratiques et de satisfaire leur aspiration au bien-être. Le président de la République, après avoir été élu le 5 mai 2002 sur un programme proprement politique — défendre les « valeurs républicaines » contre le candidat représentant l'extrême droite nationaliste —, a donné comme projets primordiaux à son nouveau septennat, lors de sa conférence de presse du 14 juillet suivant son élection, la lutte contre le cancer, contre les accidents de la route et la prise en charge des personnes handicapées. Il ne s'agit plus seulement d'assurer l'égalité des chances, mais l'égalité des conditions de vie de tous, de répondre aux aspirations suscitées par la diffusion des valeurs que Ronald Inglehart a qualifiées de « postmodernes » : « bien-être » et « autoexpression », caractéristiques des sociétés les plus riches et les plus modernes[20]. Celles-ci donnent désormais « la priorité au bien-être subjectif et à la protection de l'environnement plutôt qu'à la croissance économique »[21]. Pour assurer ce « bien-être subjectif », on définit des catégories nouvelles de populations pour les faire bénéficier du transfert d'une partie des ressources collectives, afin de rétablir ou d'assurer l'égalité réelle, et pas seulement formelle, de tous les citoyens. L'État intervient par des mesures toujours plus particulières pour assurer plus de sécurité, plus de confort aux individus et plus d'égalité entre eux. Les politiques d'intervention deviennent de plus en plus précises, se sédimentent et s'inscrivent dans les institutions collectives d'une manière qui semble irrésistible.

C'est dans la logique de cette politique d'intervention générale qui semble aussi inéluctable qu'irréversible que le président de la République a annoncé, en octobre 2002, que le gouvernement allait élaborer une « politique d'intégration ». L'intégration des enfants de migrants, comme celle de tous les nationaux, s'était effectuée depuis deux siècles grâce à leur participation progressive à la vie collective par l'intermédiaire des institutions nationales à vocation universelle, de l'École à l'armée, sans que des politiques spécifiques aient été adoptées pour les populations migrantes ou pour leurs enfants. La nouvelle politique doit systématiser et développer des mesures dispersées qui avaient déjà été prises au cours des vingt dernières années par les interventions du Fonds d'action sociale (FAS), par les politiques de la ville prenant en compte les besoins particuliers des populations originaires de l'immigration — au moins tels que les responsables se les représentaient —, par la politique culturelle en faveur de certains groupes. La création du Haut Conseil à l'intégration en 1988 en avait été le symbole. Toute une série de nouvelles dispositions particulières furent annoncées, soutien scolaire, apprentissage de la langue et initiation à l'instruction civique, bourses pour les élèves et les étudiants, aide à la préparation aux concours publics, formes de parrainage pour accéder aux entreprises. Outre les jeunes, les femmes se voyaient reconnaître un « contrat d'accueil sur mesure ». Cette politique désormais nationale consacre la volonté de créer un État providence d'intégration.

Cette décision politique fait aussi directement écho au développement d'une politique de lutte contre les discriminations qui s'est développée depuis 1998[22]. Alors que la politique traditionnelle consistait à nier l'existence des discriminations liées à l'origine ethnique — négation qui était l'un des instruments d'une politique volontariste d'intégration des immigrés et de leurs enfants par la citoyenneté et les valeurs universelles —, la ministre de l'Emploi et de la Solidarité, en 1998, a déclaré faire de la lutte contre les discriminations une priorité de sa politique et signé, en janvier 1999, une convention qui instituait un Groupe d'étude et de lutte contre les discriminations. Cette politique fut poursuivie par le ministre de l'Intérieur qui, dans une circulaire aux préfets de janvier 1999, demandait que soient créées des commissions départementales d'accès à la citoyenneté visant à faire reculer les discriminations dont les « jeunes issus de l'immigration » sont les victimes. Ces dispositions furent consacrées en mars 2003, par les Assises nationales de la citoyenneté. On a vu qu'une Haute Autorité contre les discriminations et pour l'égalité fut ensuite créée, en 2005, selon une directive européenne. Dès 2000, l'on ne pouvait « qu'être frappé par la rapidité foudroyante avec laquelle discours et politiques d'*affirmative action* se sont acclimatés en France »[23]. Si le phénomène s'est aujourd'hui accentué avec la politique d'intégration et les mesures, plus ou moins indirectes ou symboliques, de discrimination positive, c'est qu'elles s'inscrivaient dans la dynamique démocratique des demandes de reconnaissance des particularismes.

Par ses interventions dans la vie sociale, la démocratie providentielle contribue à homogénéiser les conduites, les aspirations et les valeurs. De l'adoption de ces valeurs, de ces aspirations et de ces conduites témoigne l'intégration culturelle des fils et des filles de migrants entraînés, avec les autres, comme on l'a vu, par la dynamique démocratique. Même la révolte de certains d'entre eux contre l'ordre social, qui se traduit par le retour à des pratiques islamiques strictes, s'inscrit parfois dans le langage individualiste et identitaire ambiant.

L'héritage national

La dynamique démocratique qui entraîne toutes les sociétés européennes n'élimine pas pour autant le caractère national de chacune d'entre elles. Les enquêtes montrent le poids de la variable nationale dans les modes d'intégration par la politique d'intervention sociale. Qu'il s'agisse des descendants des migrants, des pauvres ou des marginaux, ils s'intègrent, par définition, selon les modalités de l'intégration sociale dans son ensemble. La relative convergence des politiques d'intégration des migrants ou des politiques de minima sociaux et de lutte contre la pauvreté qu'on peut observer dans les divers pays européens n'a pas évacué les spécificités nationales. Ces convergences comportent des limites. Même s'ils connaissent la même dynamique démocratique et sont, de plus en plus, soumis à des législations communes issues des institutions européennes, les processus de congruence laissent subsister l'originalité de chacune des nations.

C'est d'ailleurs ce qu'ont confirmé les enquêtes européennes, puis mondiales, qui ont été consacrées aux valeurs[24]. Si la modernisation entraîne par elle-même des valeurs communes à toutes les sociétés, le changement économique et le changement culturel renvoyant l'un à l'autre, les diverses sociétés restent différentes les unes des autres par leurs valeurs et leur relation au politique. Le mouvement massif et général vers les valeurs dites postmodernes — valeurs « de bien-être » plutôt que « de survie », « rationnelles-légales » plutôt que « traditionnelles » selon les termes de Ronald Inglehart — paraît irrésistible dans les sociétés riches et démocratiques, mais les spécificités nationales n'en demeurent pas moins fortes. Les effets de l'héritage religieux, en particulier, se prolongent même si les pratiques de la religion traditionnelle se sont effondrées. L'influence de l'histoire reste prégnante. L'individualisation des pratiques religieuses n'exclut pas que, même dans les pays les plus laïcisés de l'Europe, l'imprégnation de la culture par la religion soit encore puissante, qu'il s'agisse du style de la vie politique, des débats publics sur les problèmes éthiques, de la définition de la responsabilité de l'État et des individus, des conceptions de la citoyenneté, de la forme prise par les solidarités familiales, des règles de civilité ou du rapport à l'argent. Sur bien des points, les chercheurs constatent un contraste entre une Europe du Nord de tradition protestante et une Europe du Sud de tradition catholique. « Les valeurs d'une société donnée réfléchissent essentiellement un patrimoine historique diffus [...] Les valeurs d'une société contemporaine réfléchissent toute son expérience historique. »[25] Les individus qui ont été socialisés dans les empires coloniaux ou communistes continuent à en être marqués, alors même que les empires coloniaux d'Amérique et d'Afrique ou l'empire soviétique n'existent plus.

L'analyse des politiques sociales, qui sont désormais au cœur de l'action publique, fournit des exemples de la singularité de chaque société nationale. On en évoquera rapidement ici quelques-uns : les formes générales prises par l'État providence, la prise en compte des personnes âgées dépendantes, la lutte contre la pauvreté, les politiques d'intégration des enfants de migrants.

Gosta Esping-Andersen a consacré et diffusé l'idée qu'il existe trois types d'État providence[26]. Il distingue ainsi le régime « libéral » (dont les États-Unis, le Canada et l'Australie se rapprochent) ; le régime

« corporatiste-étatique » (auquel l'Allemagne, l'Autriche, la France et l'Italie se conforment) ; et, enfin, le régime « social-démocrate » (dont les pays scandinaves sont le meilleur exemple). Il n'a d'ailleurs fait que reprendre, avec des termes différents, la typologie qui avait déjà été proposée par Titmuss dans les années 1970, lorsqu'il élaborait les types respectivement du *residual welfare model of social policy* (« modèle de protection sociale résiduel »), de l'*industrial achievement-performance model* (« modèle de performance industrielle ») et de l'*institutional redistributive model* (« redistributeur institutionnel »)[27]. Furniss et Tilton, quelques années après Titmuss, avaient, eux aussi — selon une logique identique mais exprimée en d'autres termes —, distingué les mêmes types qu'ils avaient qualifiés d'« État positif » (*positive state*), d'« État de sécurité sociale » (*social security state*) et d'« État de bien-être social » (*social welfare state*)[28]. Si cette typologie, dans la formulation d'Esping-Andersen, a été très généralement adoptée, même lorsqu'elle était critiquée, c'est qu'elle permettait de rendre compte des différences qui séparent les divers États providence nationaux. Chacun d'entre eux se caractérise en effet par une articulation originale entre la famille, le marché et l'État, liée à l'histoire de la constitution de la société nationale.

C'est pourquoi on peut observer d'un pays à l'autre des différences dans la définition des droits et des « ayants droit », dans l'ampleur des transferts et dans la stratification sociale. Les différences qui les séparent tiennent essentiellement, selon Esping-Andersen, à trois facteurs : la nature de la mobilisation de classe, en particulier celle de la classe ouvrière ; les structures de la coalition de classes au cours de la transition d'une économie rurale à une société de classe moyenne ; et l'héritage des modes d'institutionnalisation du régime politique. Dans les régimes « libéraux », les classes moyennes sont liées au marché. Dans les régimes « corporatistes », l'assurance sociale a cimenté l'adhésion des classes moyennes à l'État providence. En Scandinavie, le succès de la social-démocratie a été étroitement lié à l'établissement d'un État providence, qui bénéficie à la fois de l'adhésion de la classe ouvrière traditionnelle et de la nouvelle couche des « cols blancs ». L'État providence n'est pas seulement une conséquence secondaire du développement économique, il constitue, selon l'auteur, le « mécanisme sociétal » le plus puissant pour comprendre la société moderne et prévoir son évolution dans l'avenir. Il a été en effet construit tout au long d'une histoire nationale, il est lié aux caractéristiques de l'emploi, à l'histoire des conflits sociaux et à l'élaboration des formes politiques dans une société nationale particulière.

On retrouve également les spécificités nationales, lorsqu'on analyse les politiques concernant les personnes âgées dépendantes. Dans tous les pays européens, on s'efforce de les maintenir dans leur domicile et d'évaluer leurs besoins médicaux et sociaux de manière individuelle. Mais la mesure de ces besoins et les manières de les satisfaire varient en fonction de la relation entre la famille et les institutions de protection sociale, du rôle qui est attribué à l'une et aux autres. Selon les cas, la responsabilité des personnes âgées incombe d'abord à la famille ou d'abord à la collectivité, en conséquence la répartition entre prestations en espèces et en nature n'est pas la même. La prépondérance donnée aux prestations en nature apparaît liée à une conception d'inspiration social-démocrate, fondée sur le droit de l'individu à la solidarité collective, indépendamment de la famille ; la prépondérance donnée aux prestations en espèces, à une conception plus familiale de la solidarité. En Suède, par exemple, la politique a consisté à supprimer les prestations en espèces pour assurer directement la prise en charge des personnes dépendantes par la collectivité. L'obligation alimentaire des enfants, en revanche, reste forte en Espagne, où les revenus des enfants sont pris en compte pour fixer le montant de l'aide publique ; ce n'est pas le cas en Suède, ni au Royaume-Uni. La France, l'Italie et l'Allemagne constituent des cas intermédiaires, avec une prise en compte partielle des ressources des familles pour calculer la contribution des organismes sociaux. Plus généralement, les obligations et la solidarité familiales restent essentielles dans les pays du sud de l'Europe, en particulier en Espagne, alors qu'en Suède, le pays qui incarne le plus parfaitement le projet de la social-démocratie, la famille n'est soumise à aucune obligation, l'État y prend l'entière responsabilité des personnes âgées dépendantes par l'intermédiaire du système de redistribution sociale[29].

L'analyse comparée des programmes de lutte contre la pauvreté permet de généraliser ces résultats. Elle montre comment le rapport au marché, les solidarités familiales, les interventions de l'État, des pouvoirs locaux et des institutions privées s'organisent d'une manière singulière dans chacune des nations européennes[30]. Les analyses des politiques des grandes nations européennes à l'égard des pauvres — France, Grande-Bretagne, Allemagne, Italie, Espagne, Pays-Bas — ont montré des éléments récents de convergence, comme on a pu en trouver dans le cas des politiques d'intégration des enfants de migrants grâce à l'enquête EFFNATIS. Cette convergence prend sa source à la fois dans l'évolution des démocraties providentielles et dans l'action des institutions européennes, dont les décisions s'imposent progressivement aux gouvernements nationaux[31]. Ainsi, presque tous les pays européens ont instauré un revenu minimum pour les plus pauvres. Confrontés aux effets pervers de l'assistance, qui risque de décourager les bénéficiaires en consacrant leur échec, les responsables politiques ont également essayé d'assortir ce revenu minimum de dispositions « actives », destinées à encourager l'assisté à sortir de l'assistance et à prendre son destin en main. Ils s'efforcent ainsi de passer d'un régime d'assistance « passive » à un régime d'assistance « active ». La loi de 1988 instituant un Revenu minimum d'*insertion* (RMI) en France est un exemple de cette politique : l'allocation devait accompagner un projet d'insertion sociale. Une nouvelle loi, en 2003, instituant le Revenu minimum d'*activité* (RMA) insiste plus encore sur la nécessité de l'activité. Aux Pays-Bas également, une nouvelle législation, en 1992, a renforcé le lien entre le revenu minium garanti et les actions d'insertion. Enfin, les politiques à l'égard de la pauvreté sont menées de plus en plus souvent au niveau local plutôt qu'au niveau national.

Ces éléments de convergence n'en laissent pas moins subsister des spécificités nationales. Serge Paugam a distingué ainsi quatre facteurs principaux de différenciation dans les manières de traiter la pauvreté par un revenu minimum. 1. Le partage des responsabilités entre l'État, les pouvoirs locaux et les institutions caritatives privées. Dans certains pays, l'État est l'acteur principal qui préside à la définition d'un programme généralisé d'assurance nationale, mais, dans d'autres, les communes sont responsables de la gestion des aides et même parfois de leur définition. 2. La définition administrative des populations qui doivent être secourues. Dans certains pays, elles sont définies par des critères administratifs, le plus souvent monétaires, dans d'autres, on définit des catégories sociales en situation de pauvreté pour lesquelles il semble légitime d'accorder une assistance. 3. La définition des aides qui peut se faire soit selon la logique du besoin soit selon la logique du statut. Dans le premier cas, l'objectif est de garantir la survie des plus démunis en leur donnant les moyens de satisfaire les besoins essentiels. Dans le second, l'objectif est de les aider au nom de la justice sociale sans conduire pour autant à remettre en cause la prééminence de ceux qui ont un emploi. 4. Enfin, les modalités de l'intervention se conforment à une logique plus ou moins bureaucratique ou subjective[32].

En fonction de ces différents critères, chaque nation européenne, étant donné son histoire politique et sa définition de la pauvreté, est originale. En France et en Grande-Bretagne, l'assistance relève essentiellement de l'État, même si, depuis une période récente, il tend, non sans réticence, à déléguer aux pouvoirs locaux la gestion des mesures adoptées au niveau national. En France, par exemple, le RMI et l'Allocation personnalisée d'autonomie (APA), ainsi que nombre de mesures sociales, sont gérés par le département. L'État garde toutefois un rôle prééminent. Il incarne le devoir de porter secours aux plus démunis, il porte l'ambition collective de renforcer la cohésion sociale à partir des institutions nationales, il élabore et vote les lois. L'intervention auprès des pauvres est de type bureaucratique, des catégories administratives définissent les droits des uns et des autres à recevoir des aides. Les associations caritatives privées définissent leur action par rapport à l'État, sollicitent des subventions et agissent comme groupe de pression sur les pouvoirs publics. La politique britannique est également fondée sur l'idée que les politiques de lutte contre la pauvreté relèvent d'abord de l'action étatique. L'accès au revenu minimum est assuré selon des critères bureaucratiques. Le système de lutte contre la pauvreté reste marqué par l'histoire très ancienne des lois contre la pauvreté (la première date de 1601) et la conception, formulée par Beveridge, d'un droit universel de tous les membres de la société à un revenu minimum susceptible de couvrir les besoins fondamentaux et de réparer les principaux risques sociaux : pauvreté, maladie, handicap, vieillesse. Dès lors, le revenu minimum s'adresse non à certaines catégories mais à l'ensemble de la population, quel que soit le risque encouru, à la différence des minima sociaux qui en France sont catégoriels ; minimum vieillesse, minimum invalidité, allocation aux adultes handicapés, allocation de parent isolé, allocation assurance veuvage, allocation d'insertion, Revenu minimum d'insertion... En même temps, les Britanniques, plus particulièrement sensibles aux effets pervers des aides données aux pauvres, privilégient les dispositions destinées à éviter que les pauvres soient trop dépendants de l'assistance et à favoriser leur entrée sur le marché du travail ; il s'agit pour les gouvernants, quelle que soit leur tendance politique, d'encourager les mesures de *workfare*, « actives », et pas seulement les mesures de *welfare*, « passives ».

En Allemagne, au contraire, comme aux Pays-Bas, les politiques de lutte contre la pauvreté sont dans les mains des pouvoirs locaux, selon le principe de subsidiarité qui organise les États fédéraux ; les institutions privées continuent à jouer un rôle essentiel. Les Länder allemands disposent d'une véritable autonomie dans l'ordre de la politique sociale. L'intervention est dès lors plus individualiste et subjective, moins bureaucratique qu'en France et en Grande-Bretagne. La loi fédérale sur l'aide sociale affirme que l'attribution du revenu minimum se conformera à la « particularité du cas individuel ». Dans les pays du Sud, les politiques de lutte contre la pauvreté sont récentes, les inégalités sociales entre les régions restent fortes, les interventions en faveur des pauvres, remises à la responsabilité des pouvoirs locaux, prennent souvent un caractère clientéliste ; en revanche, les pauvres restent intégrés dans la vie sociale comme ils l'ont été dans le passé, ils sont moins humiliés que dans les pays du nord de l'Europe où l'État providence est installé depuis plus longtemps.

L'analyse comparative confirme d'ailleurs les effets de ces conditions générales, par exemple, sur les expériences vécues du chômage[33]. Les institutions de protection sociale et leur philosophie implicite, les formes de la sociabilité familiale et sociale et les caractéristiques du marché du travail, singulières dans chaque pays, conditionnent des expériences vécues différentes. Le risque de marginalisation sociale induit par le chômage n'est pas le même selon le niveau des prestations assurées par l'État providence, selon la reconnaissance ou la condamnation sociale de la condition de chômeur, selon l'intensité des liens familiaux. Dans les pays du sud de l'Europe, la solidarité familiale, à la fois financière et morale, reste forte, le chômeur n'est pas considéré comme responsable de sa situation ni condamné par son entourage, il est toujours intégré dans son milieu social. Dans les pays où l'État providence est établi depuis des décennies, les transferts sociaux sont plus élevés, mais le développement de la protection s'est accompagné de l'affaiblissement relatif des solidarités familiales — par exemple, en Belgique, en Allemagne, en France —, la pauvreté relative née du chômage se trouve alors renforcée par la solitude, le sentiment d'humiliation et le risque de marginalisation sociale.

L'étude des politiques d'intégration des enfants de migrants menées par les différents pays européens corrobore ces analyses[34]. Les convergences apparaissent au premier abord. Tous les pays européens adhèrent aux mêmes valeurs démocratiques et respectent également les droits de l'homme. Ils sont soumis à la même réglementation européenne. Dans tous les pays, les migrants disposent des mêmes droits que les nationaux, à l'exception des droits politiques au sens étroit du terme (droit de voter et d'être élus à des fonctions politiques). Il n'existe pas de barrière juridique à leur entrée sur le marché du travail. Ils ont le droit de faire venir leur famille et d'accéder à toutes les institutions de la démocratie providentielle, éducation, logement social, formation, protection sociale. Des directives européennes imposent de lutter contre toutes les formes de discrimination. Le traité d'Amsterdam prévoit l'élaboration d'une politique commune d'immigration et une même réglementation du droit d'asile. Dans tous les pays européens, la modification du droit de la nationalité au cours des années 1980 et 1990 a permis de donner la nationalité locale aux enfants des migrants, en faisant une place au droit du sol. La naturalisation est de plus en plus considérée comme un instrument d'intégration, non comme la consécration du processus.

Les politiques à l'égard des particularismes tendent également à converger. La Grande-Bretagne, pays de reconnaissance des « communautés », où le multiculturalisme est longtemps apparu comme la meilleure réponse à la diversité culturelle des nouveaux citoyens britanniques, remet en question sa politique depuis que les attentats de juillet 2005 à Londres ont révélé que de jeunes Britanniques, apparemment intégrés, pouvaient devenir de dangereux meurtriers. Les Pays-Bas, depuis plusieurs années, procèdent à la même révision déchirante. Tous les pays européens finissent par se rallier à une politique d'intégration, la reconnaissance du multiculturalisme tend à se réduire à une attitude intellectuelle de tolérance à l'égard de toutes les traditions culturelles. Aucun pays n'a pris de mesure de discrimination positive, au sens strict du terme, en établissant des quotas impératifs pour l'accès à l'université, au logement ou à l'emploi.

Les politiques d'éducation sont également de plus en plus proches. Si les Français s'en tiennent à un discours en faveur des valeurs et des pratiques universelles, ils n'en ont pas moins adopté des mesures particulières pour certaines populations défavorisées. En Allemagne, en Suède et en Grande-Bretagne, le discours éducatif et politique met l'accent sur la valeur des identités particulières, mais l'enseignement se réfère aux valeurs universelles de la connaissance et de la citoyenneté. Dans les pays où le discours multiculturaliste est le plus répandu (Suède, Pays-Bas), on s'efforce désormais de donner avant tout aux enfants de migrants les moyens de participer à la société dans laquelle ils sont installés ; on privilégie la maîtrise de la langue locale et la compétence scientifique et technique, qui permettent d'accéder au marché du travail. Savoir si les enfants des migrants doivent d'abord être intégrés ou doivent avant tout voir leur identité ethnique renforcée par l'éducation, ce débat qui a agité les chercheurs et les institutions d'éducation nationales et internationales au cours des années 1980-1990 semble désormais obsolète.

Malgré ces processus de convergence, les politiques d'intégration européenne n'en restent pas moins fortement conditionnées par les formes de l'histoire nationale, les traditions des institutions providentielles, la conception de la démocratie et de la nation, le caractère plus ou moins centralisé de l'action étatique, les pratiques des institutions d'éducation. L'universalisme et l'étatisme français, le multiculturalisme britannique et néerlandais, la social-démocratie allemande, suédoise ou finnoise donnent des formes différentes à ce processus. L'on retrouve dans les processus de l'intégration des enfants des migrants, comme de toutes les populations particulières, les singularités de l'intégration nationale, en d'autres termes, des formes de l'intégration politique particulières à chaque société nationale. Toutes les nations démocratiques sont des États providence, mais ce ne sont pas les mêmes États providence. Le système éducatif allemand, par exemple, restreint l'entrée dans l'enseignement supérieur, alors que le système français l'ouvre à un nombre toujours accru de personnes. De nombreuses institutions néerlandaises continuent à s'inscrire dans la logique des « piliers » catholiques, protestants ou socialistes qui, même affaiblis, organisent la vie sociale et politique. Comme les migrants participent à toutes les institutions, les processus de leur intégration dépendent directement des formes particulières que prennent ces institutions dans chacune des sociétés d'installation. L'enquête EFFNATIS, on s'en souvient, a révélé que le contexte national explique une plus grande part des variations. Le fait national reste puissant.

Le risque de communautarisation

Si une partie croissante de la société devient « providentielle », c'est-à-dire directement liée aux interventions multiples de l'État providence, elle connaît une inévitable bureaucratisation : fonctionnaires, travailleurs sociaux et évaluateurs collaborent pour appliquer une nouvelle politique publique. C'est ainsi que Julien Damon a pu parler, à propos des politiques élaborées pour prendre en charge les sans domicile fixe (SDF), de « complexe bureaucratico-assistanciel », en transposant la formule du « complexe militaro-industriel »[35]. On pourrait également parler, par exemple, de « complexe bureaucratico-culturel » ou de « complexe bureaucratico-sportif » pour désigner les milieux sociaux créés par chacune des nouvelles politiques culturelles ou sportives. La politique d'intégration qui se met en place ne manquera pas de susciter, à son tour, un « complexe bureaucratico-intégrationniste ». Ces « complexes » sont chaque fois formés des clients ou « cibles » (selon le vocabulaire administratif), des fonctionnaires, des travailleurs sociaux, culturels ou sportifs, des experts en tous genres et des gestionnaires divers chargés d'appliquer ces nouveaux dispositifs, ainsi que des journalistes et des sociologues auxquels on confie le soin de rendre compte des effets de ces politiques spécialisées ou de les évaluer, tous unis par un ensemble de relations croisées et d'intérêts communs.

Mais le risque essentiel tient moins à la bureaucratisation inévitable — tout transfert de ressources publiques ne peut qu'être soumis au contrôle des pouvoirs publics — qu'au fait que l'État d'intervention sociale intervient d'une manière toujours plus particulière, en prenant toujours plus en compte la spécificité des divers groupes. Il répond ainsi aux demandes toujours accrues des individus, qui ont des besoins et des exigences — dans l'ordre économique mais aussi dans l'ordre de la vie sociale et de la culture — qui ne comportent pas de limites intrinsèques. L'intervention croissante de l'État le conduit à tenir compte, de manière toujours plus fine et plus précise, des singularités de chacune des catégories de la population auxquelles la politique est destinée. Toute nouvelle disposition répond à la demande d'un groupe particulier dont elle tend à renforcer l'existence. L'action «providentielle» a pour effet de particulariser les relations sociales et de consacrer l'existence de ces particularités.

C'est pourquoi on observe une tendance à ce qui est perçu comme une «ethnicisation» des quartiers des grandes villes ou une «communautarisation», c'est-à-dire à des replis identitaires autour d'une référence particulière — même si l'analyse montre qu'elle est syncrétique —, qui sont contraires à l'idée de mobilité, sociale et géographique, et à la possibilité des échanges généralisés propres à la société démocratique moderne. Le travail social auprès des enfants de migrants maghrébins est progressivement pris en charge par les responsables de la mosquée plus que par les travailleurs sociaux. L'affirmation identitaire particulière, même s'il s'agit le plus souvent d'une identification territoriale (la «cité Balzac» ou «Marseille») et non «ethnique» («les Portugais» ou «les Marocains»), s'exprime avant la référence à la société nationale. Plus la société devient «providentielle», plus les individus revendiquent que se voient reconnaître leurs identités et leurs droits particuliers. Si les replis identitaires des immigrés et de leurs enfants sont plus souvent évoqués, ce n'est que l'un des exemples — même s'il est socialement plus visible — d'une tendance générale vers la communautarisation propre à la société providentielle. On comprend les résultats essentiels des enquêtes sur les descendants de migrants : la dynamique démocratique a été efficace pour faire des enfants de migrants des individus démocratiques comme les autres, mais l'affaiblissement du projet politique et les insatisfactions que nourrit la société démocratique ne les conduisent pas, moins encore que les autres, à s'identifier au politique et à la nation. Ils ne font que révéler de manière plus manifeste la vérité de la démocratie providentielle. C'est ce que certains appellent, parfois pour s'en réjouir, le « retour des tribus ».

La ségrégation spatiale contribue à ce processus de communautarisation. Une enquête de Georges Felouzis a montré que, dans les collèges de l'académie de Bordeaux en 2000-2001, la population des enfants de migrants venus du Maghreb, d'Afrique noire et de Turquie représentait 4,7 % de l'ensemble des collégiens, 10 % seulement des établissements en scolarisaient 40 %, 17 collèges accueillaient entre 20 % et 40 % d'entre eux et, inversement, 81 établissements en scolarisaient moins de 1 %. La ségrégation ethnique est beaucoup plus forte que la ségrégation sociale[36]. Ce rassemblement des enfants des immigrés nourrit les processus d'enfermement dans le quartier et de marginalisation, la langue et les manières deviennent des marqueurs qui rendent de plus en plus difficile la participation à la vie sociale en dehors de la cité. La réclusion dans un espace disqualifié se trouve ensuite renforcée par les discriminations des enfants de migrants devant l'emploi et le logement. Ainsi s'enclenche le cercle vicieux du processus de mise à l'écart — ou de désintégration — et du ressentiment.

Les ghettos urbains sont ainsi devenus l'indice et la source des phénomènes de mise à l'écart de populations pour lesquelles se conjuguent les effets de la marginalisation professionnelle et des origines ethniques. Cette réitération des handicaps sonne comme l'échec de l'intégration d'une partie des descendants de migrants. Sans doute s'agit-il d'une minorité, la majorité des enfants de migrants s'intégrant dans la société d'installation, mais elle a une forte valeur symbolique. Pendant des années avant l'explosion de violence de novembre 2005, les enseignants et les travailleurs sociaux, relayés par les sociologues, observaient l'existence de bandes d'adolescents désœuvrés et déstructurés, dépourvus de tradition culturelle héritée et n'ayant acquis ni la culture scolaire transmise par l'École ni la socialisation qu'elle implique. Apparemment animés par la haine et le ressentiment, ils manifestaient le rejet violent des institutions et des autres. Le retour d'un machisme brutal à l'intérieur des cités en est l'une des manifestations les plus flagrantes. Même s'ils sont minoritaires parmi les descendants des migrants, les adolescents composant ces bandes sont majoritairement des descendants des migrants. Ils sont d'autant plus visibles qu'ils manifestent leur agressivité en renforçant volontairement leurs particularités les plus visibles — et l'ordre démocratique repose sur la « visibilité ». On retrouve chez eux les traits décrits par les sociologues de la délinquance au cours des années 1970 : une sous-culture d'adolescents délinquants, non utilitaire, négativiste, agressive, marquée par un hédonisme à court terme, qui s'inspire de la culture dominante mais en retourne volontairement le sens. La violence avec laquelle elle s'exprime traduit les frustrations que ressentent les enfants des milieux populaires, qui n'ont pas les moyens nécessaires pour s'adapter à un monde dont les valeurs sont celles de la classe moyenne. C'est une réponse aux échecs de l'intégration sociale.

Les émeutes de novembre de 2005 ont été tout à la fois un révélateur et un accélérateur de cet échec. Ces descendants de migrants sont d'abord, comme tous les jeunes des classes populaires, les enfants de la crise économique, sociale et politique de la société française. Ils appartiennent aux catégories qui en sont les premières victimes, les jeunes des classes populaires. Depuis plus de trois décennies, les choix collectifs implicites ont favorisé les plus âgés aux dépens des plus jeunes[37] et les salariés du service public aux dépens des salariés du secteur privé. Globalement, rappelons-le, le taux de chômage est de 10 % pour la population française dans son ensemble, de plus de 20 % pour les jeunes de 16 à 24 ans et de plus de 40 % lorsque ces jeunes sont des descendants de migrants. L'écart des revenus entre les quinquagénaires et les trentenaires est passé de 15 % dans les années 1970 à 40 % aujourd'hui. Tout se passe comme si la France s'était caractérisée, selon la formule percutante de Denis Olivennes, par sa « préférence pour le chômage »[38]. De fait, le chômage et, en particulier, le chômage des jeunes a servi de variable d'ajustement. Le contrat social aboutit à un consensus implicite défavorable à l'emploi : les syndicats représentent les intérêts des actifs occupés, le patronat gère la paix sociale à l'intérieur des entreprises sans prendre en compte les chômeurs, le gouvernement dialogue avec les partenaires sociaux et dépend de son électorat formé d'actifs occupés et d'assurés sociaux. Les intérêts des chômeurs ne sont assumés par personne, d'autant que la protection apportée par un État providence étendu, en amortissant au moins à court terme les effets les plus dramatiques du chômage, donne bonne conscience à tous.

Étant donné la marginalisation d'une partie minoritaire des descendants de migrants et, plus généralement, l'affaiblissement de la transcendance des particularismes par la citoyenneté commune, les affirmations identitaires et les revendications des mémoires particulières s'expriment désormais plus librement dans l'espace public. Dans la citoyenneté « traditionnelle », chacun était libre de rester fidèle à ses croyances et à son histoire particulières dans l'espace privé, tandis que l'espace public était le lieu de la citoyenneté commune à tous. Aujourd'hui, il est aussi devenu le lieu de l'expression des identités particulières. Selon la loi du 29 janvier 2001, « la France reconnaît publiquement le génocide arménien de 1915 » ; des monuments en transmettent la mémoire dans les villes où les Français d'origine arménienne sont nombreux et réclament aux pouvoirs publics de reconnaître publiquement le destin tragique de leurs grands-parents. Par la loi du 21 mai 2001, « la République française reconnaît que la traite négrière transatlantique ainsi que la traite dans l'océan Indien d'une part, et l'esclavage, d'autre part, perpétrés à partir du xve siècle, aux Amériques et aux Caraïbes, dans l'océan Indien et en Europe contre les populations africaines, amérindiennes, malgaches et indiennes constituent un crime contre l'humanité » ; un Conseil représentatif des associations noires (CRAN), fondé en 2006, se donne pour objectif de témoigner des malheurs passés et présents de ces populations. La « concurrence des victimes » se double d'une concurrence des identités et des mémoires.

La prise en compte croissante des particularités des divers groupes à l'intérieur de l'espace public offre des occasions de libertés nouvelles. Elle peut renouveler la mémoire nationale, en la rendant plus large et plus juste. Elle ne conduit pas nécessairement à ce qu'on désigne comme le « communautarisme », c'est-à-dire à l'enfermement des personnes dans un groupe particulier aux dépens de leur conscience commune et de leurs relations, au-delà de ce groupe, avec les membres de la société plus large. Cela ne serait le cas que si la fidélité à une mémoire particulière — qu'elle soit « arabe », « arménienne », « juive », « musulmane », « africaine », « corse », « bretonne » ou « noire » — primait le respect des droits et des devoirs impliqués par la citoyenneté commune. Dans ce cas, il n'existerait plus de principe légitime pour contrôler les rivalités ou les oppositions, éventuellement violentes, des « communautés » les unes aux autres. Or, il est vrai que le déclin des valeurs dites républicaines, c'est-à-dire des valeurs politiques communes qui permettent de dépasser les sentiments d'identification à des groupes particuliers, ne favorise pas la conscience de partager un même univers politique et normatif. Il comporte le risque de voir se développer les conflits entre ces « communautés » ; la défense des intérêts particuliers immédiats se verrait alors renforcée et dramatisée par les identifications ethniques. La revendication des particularismes ne comporte par elle-même aucune limite ; ce sont les échanges qui devraient être soutenus par l'organisation sociale. Se cantonner aux échanges à l'intérieur de son groupe d'appartenance est spontané et facile, c'est l'ouverture aux autres qui doit être encouragée par les institutions communes. S'il fait partie de l'ambition démocratique que l'État réponde aux demandes particulières qui lui seraient adressées par des populations particulières — plutôt que de les refuser systématiquement, comme il a pu le faire dans le passé —, est-ce son rôle que d'organiser et de subventionner les particularismes ? Sa fonction première n'est-elle pas de donner à chacun les moyens de participer à la vie commune ? Une société démocratique implique que, par-delà ses fidélités particulières légitimes, chacun puisse aussi rencontrer et reconnaître l'Autre, grâce aux pratiques de la citoyenneté, au nom des valeurs universelles dont elle se réclame.

Dans la démocratie contemporaine, c'est désormais par le « social » que se définit, avant tout, le « politique », c'est-à-dire les conceptions et les institutions qui organisent les manières dont les hommes vivent ensemble. Le lien social est de plus en plus « social » plutôt que « politique ». Les politiques sociales laissent subsister l'originalité des nations, qu'il s'agisse de leurs valeurs ou de leurs institutions. La lutte contre la pauvreté, l'assistance aux personnes âgées ou l'intégration des descendants d'immigrés sont élaborées selon des formes nationales. Dans tous ces domaines, les relations qui s'établissent entre la famille, le marché et la sphère publique ne sont pas séparables de l'histoire de la constitution de la société nationale, en particulier de la reconnaissance des particularismes, des relations entre le politique et le religieux, des formes de solidarité héritées du passé. Les convergences entre les nations européennes n'ont pas effacé les singularités de l'intégration *de* chaque société nationale. Dans tous les cas pourtant, le privilège donné à l'action « sociale » dans la vie collective comporte un risque. La démocratie providentielle favorise les revendications particulières des individus et des groupes cherchant à faire reconnaître leurs intérêts personnels et leur « identité » propre, éventuellement aux dépens de l'intérêt général. Dans la société démocratique, ce dernier est porté par le projet politique commun. La dépolitisation des démocraties providentielles et l'aspiration exclusive au bien-être de ses membres comportent un risque de dés-intégration sociale.

CONCLUSION

Les hommes des sociétés démocratiques se sont interrogés sur l'intégration des sociétés individualistes dès l'avènement de la modernité. La question a été formulée en termes sociologiques par Durkheim et transmise de génération en génération, que le mot soit utilisé ou non. Les recherches menées depuis des générations ont permis de comprendre certains des processus d'intégration et de désintégration caractéristiques des sociétés contemporaines.

Il est vrai que la diffusion du terme à la fois par les chercheurs et par les acteurs du monde politique rend les chercheurs précautionneux. Ils en critiquent à juste titre l'extension qui leur paraît excessive quand il est utilisé par les sociologues et insuffisante dans la vie publique : au nom de quoi le réserver aux seuls immigrés et à leurs descendants et non à l'ensemble de la population ? Ils ont le sentiment, justifié, que l'utilisation politique est devenue prépondérante et qu'elle occulte le sens hérité de la tradition sociologique. D'autre part, ils ne sont pas indifférents à la manière dont leurs travaux seront lus par les non-sociologues, ils ne dédaignent pas l'écho médiatique de leurs recherches, et sont souvent peu indulgents à l'égard des politiques officielles d'intégration. Ils sont donc tentés de suivre l'usage courant mais, en même temps, de le refuser dans la mesure où il provoque une forte hostilité parmi les populations concernées. Pourtant, ils ne peuvent évacuer de leurs analyses ni les processus d'intégration des descendants de migrants ni, plus encore, l'*ensemble* des processus d'intégration. Le projet sociologique en effet consiste à analyser de manière rigoureuse, à partir d'enquêtes dont les formes concrètes peuvent varier (récit historique, données statistiques, entretiens directifs, semi-directifs ou libres, autobiographies, observations objectives et participantes), la possibilité, les modalités, les échecs et les limites de l'ambition démocratique d'intégrer tous les citoyens, quelles que soient leurs origines et leurs caractéristiques.

Le concept d'intégration peut être conservé à titre de « concept-horizon », destiné à orienter les recherches empiriques et à leur donner un sens, sans pour autant être mobilisé dans le déroulement de la recherche comme une variable indépendante. Dans ce cas comme dans d'autres (par exemple, l'exclusion, la pauvreté ou l'identité), les chercheurs ne devraient pas récuser a priori un terme de la vie sociale, mais se donner pour règle de le critiquer ou, en termes modernes plus ambitieux, de le « déconstruire », et de le définir avant de l'utiliser.

Il faut dépasser les débats qui ont eu lieu, au cours des années 1980-1990, autour de la notion de multiculturalisme entre ceux qui insistaient sur la priorité d'intégrer les populations de toutes origines et ceux qui entendaient redéfinir les relations entre des affiliations culturelles multiples et l'organisation politique en invoquant le bien-fondé d'une politique dite multiculturelle. La politique française, par exemple, apparaissait alors plus proche du modèle de l'« intégration » et celle de l'Allemagne du « multiculturalisme ». Pourtant les politiques publiques ne peuvent que viser à intégrer toutes les populations par l'intermédiaire de la citoyenneté et de la participation à l'activité économique, complétée par la protection de l'État providence. Aucun gouvernement démocratique ne songerait à mener une politique d'exclusion. C'est donc les modalités de ces politiques qu'il importe d'analyser. Traditionnellement l'intégration était assurée par la citoyenneté commune qui permettait de résoudre la tension entre la diversité des références culturelles et l'unité politique nécessaire grâce au principe de la séparation du public et du privé. Les pratiques culturelles étaient libres dans l'ordre du privé aussi longtemps qu'elles ne remettaient pas en cause les valeurs de l'égalité et de la liberté de tous les êtres humains. Le domaine public à vocation universelle était le lieu de l'égalité de tous, indépendamment de toute référence historique ou culturelle spécifique. Aujourd'hui les revendications « identitaires » semblent remettre en cause ce principe dans la mesure où certains plaident pour qu'on reconnaisse désormais des droits culturels, individuels ou collectifs, à l'intérieur même de l'espace public.

Pourtant, les politiques publiques ont été dans les faits moins différentes que les débats ne semblent l'indiquer. Ni en France, ni en Allemagne, ni au Royaume-Uni, des droits collectifs n'ont été accordés à des groupes particuliers. La démocratie est fondée sur l'égalité de chaque citoyen. Dans la réalité des pratiques, la dynamique démocratique a conduit les Français à adopter des politiques de fait de « discrimination positive », même si elles sont justifiées par des arguments géographiques ou sociaux — la pauvreté, les handicaps sociaux — et non ethniques — en faveur de telle population en fonction de son origine. En instaurant les politiques de la ville successives ou les politiques éducatives dans les zones d'éducation prioritaire (ZEP), les responsables politiques affirmaient leur ambition de lutter contre la pauvreté et la marginalité sociale en général, non de viser des populations particulières ; mais la concentration de certaines populations dans l'espace urbain a eu pour effet que ces politiques concernaient prioritairement les descendants des migrants. L'Allemagne s'est ralliée de son côté à une politique d'intégration des populations d'origine étrangère, y compris par son nouveau droit de la nationalité adopté en janvier 2000. Les Britanniques et les Néerlandais qui ont traditionnellement mené une politique libérale, d'inspiration multiculturelle, s'appuyant sur des « communautés » — au sens social mais non juridique du terme — s'interrogent aujourd'hui sur les effets de cette politique et envisagent de la remettre radicalement en question. Ces convergences laissent subsister des spécificités dans les modalités de l'intégration, mais les exigences démocratiques et l'évolution propre à l'État providence conduisent tous les pays européens à adopter en fait une politique d'intégration en respectant les identités de chacun, tout en limitant ou en contrôlant leurs manifestations dans l'espace public.

Toute interrogation sur l'intégration d'une population particulière *à* la société nationale renvoie à l'analyse des modalités *de* l'intégration sociale. Par son ambition universaliste, la société démocratique se doit de compenser les échecs sociaux de ceux qui ne peuvent participer à la production des richesses et aux échanges sociaux qui sont liés à la vie professionnelle. L'intervention de l'État pour intégrer les populations marginalisées fait partie intégrante du projet démocratique. Mais cette politique, souhaitable et inévitable, comporte aussi le risque de multiplier les catégories de populations directement dépendantes de l'intervention de l'État providence, plus assistées qu'actives et responsables, suscitant une fracture entre les actifs et les assistés et changeant la nature d'un lien social devenu toujours plus « social » que politique. Peut-on réduire le lien qui unit les hommes à la seule dimension « sociale », n'est-ce pas le politique qui lui donne son sens ?

La véritable intégration dans les sociétés démocratiques ne peut reposer que sur la reconnaissance de l'égale dignité de tous les individus. Or, de plus en plus, les droits sociaux apparaissent comme l'équivalent des droits politiques et la « citoyenneté économique et sociale » passe, auprès des penseurs avancés, pour la forme authentique de la citoyenneté moderne. On invoque moins les valeurs spécifiquement politiques des grandes démocraties occidentales que l'efficacité de ces dernières pour produire et redistribuer les biens matériels. Si la légitimité de la démocratie moderne est fondée sur l'universalité des droits des citoyens et des bienfaits de l'État providence, les individus tendent toujours plus à privilégier les seconds aux dépens des premiers. Pourtant les seules satisfactions matérielles ne suffisent pas à assurer le lien entre les hommes nécessaire au maintien de l'unité politique. Les « ayants droit » ne sont pas les citoyens. Dans l'ordre économique, ce qui est donné aux uns est enlevé aux autres. La concurrence économique divise les hommes, nourrit les rivalités entre les groupes que le projet politique tendait à unir. Hegel avait déjà perçu que l'identité nationale s'effritait quand l'individu bourgeois se fixait dans sa particularité économicosociale au détriment de la dimension politique de son existence qui le rattachait en tant que citoyen à l'État.

Par ailleurs, la critique de toutes les institutions, la remise en cause de la tradition et des normes imposées ainsi que l'ambition d'«être soi» en affirmant son «authenticité» constituent un véritable défi à l'intégration sociale. On peut penser que les formes plus souples et plus fluides de la participation des individus à la vie collective — sources de désordre apparent au premier abord — sont à long terme plus solides que les formes d'intégration imposées de l'extérieur. Mais elles nourrissent aussi des souffrances et des inégalités spécifiques, contraires à l'ambition démocratique. L'érosion de la légitimité des institutions risque d'affaiblir la protection que la société démocratique entend apporter aux plus vulnérables de ses membres.

L'effort de connaissance rationnelle et cumulative justifie que la problématique de l'intégration reste présente dans la recherche comme dans la vie politique. Il est souhaitable que les chercheurs en sciences sociales contribuent à répondre aux interrogations que formulent les citoyens démocratiques sur les difficultés ou les tensions inhérentes à la vie sociale. Il est souhaitable qu'ils participent à la critique que les citoyens mènent sur les vertus relatives de leur système politique, sur les limites inévitables de l'application des valeurs dont se réclame la société démocratique et sur les manquements qu'elle se doit de corriger. Il est conforme à leur vocation qu'ils apportent leur contribution à la réflexion sur les moyens de concilier le respect des personnes et l'intégration sociale nécessaire pour que les sociétés démocratiques puissent continuer à exister sans s'abîmer dans le désordre — dont les plus fragiles sont toujours les premières victimes — ou dans la tyrannie.

Même s'ils sont légitimement soucieux de se démarquer des lieux communs, les sociologues, étant donné leur aspiration à produire sur la société un savoir rationnel, ne sauraient en effet évacuer l'interrogation sur l'intégration de la société qui est au cœur de leur projet. Comme l'écrivait Marcel Mauss, il y a près d'un siècle, le terme d'intégration, comme celui de cohésion sociale, « fait voir ce qu'il y a d'organisé dans les segments sociaux, et comment l'organisation interne de ces segments, plus l'organisation générale de ces segments entre eux, constitue la vie générale de la société [...] Cette question de l'harmonie normale des sexes, des âges et des générations, et des divers sous-groupes (clans, castes, classes, confréries, etc.), les uns par rapport aux autres, cette question de l'harmonie intérieure à chacun d'eux et du rapport de ces harmonies diverses à l'harmonie générale et à la morale normale de la société, cette question est disparue de l'horizon sociologique. Or il faut la remettre au premier plan de l'étude et de la discussion »[1]

APPENDICES

REMERCIEMENTS

Ce livre a été rédigé sur les conseils des amis réunis autour du programme de recherche lié au prix Balzan. Il a bénéficié de leurs encouragements et de leurs critiques. Qu'ils soient ici remerciés de leur compétence et de leur amitié.

TRAVAUX CITÉS

« L'assimilation culturelle des immigrants », Supplément à la revue *Population*, 1950.

ALBA, Richard et NEE, Victor, « Rethinking Assimilation Theory for a New Era of Immigration », *International Migration Review*, 31, 4, 1997.

ANGELL, Robert C., « Structural Integration », *International Encyclopedia of Social Sciences*, Mac Millan, volume 7, 1968.

ARON, Raymond, *L'opium des intellectuels*, Paris, Hachette, « Pluriel », 2002 (1955).

ASSOUS, Laurence et RALLE, Pierre, « La prise en charge des personnes âgées dépendantes en Allemagne, Espagne, France, Italie, Royaume-Uni et Suède : une étude de cas types », ministère des Affaires sociales, du Travail et de la Solidarité, *DARESS, Études et résultats*, nº 176, juin 2002.

BAREL, Yves, « Le grand intégrateur », *Connexions*, nº 56, 1990, p. 85-100.

BAUDELOT, Christian et ESTABLET, Roger, *Suicide. L'envers du monde*, Paris, Seuil, 2006.

BEAUD, Stéphane et PIALOUX, Michel, *Retour sur la condition ouvrière. Enquête aux usines Peugeot de Sochaux-Montbéliard*, Paris, Fayard, 1999.

BECKER, Howard S., *Outsiders. Studies in the Sociology of Deviance*, New York, The Free Press, 1963.

BEGAG, Azouz, *L'intégration*, Paris, Le Cavalier Bleu, « Idées reçues », 2003.

BELHADJ, Marnia, *La conquête de l'autonomie. Histoire de Françaises descendantes de migrants algériens*, Paris, Les Éditions de l'Atelier/Éditions ouvrières, 2006.

BESNARD, Philippe, *L'anomie. Ses usages et ses fonctions dans la discipline sociologique depuis Durkheim*, Paris, PUF, « Sociologies », 1987.

BIBO, Istvan, *Misère des petits États de l'Europe de l'Est*, Paris, L'Harmattan, 1986 (1947), p. 322.

BILLIEZ, Jacqueline, « La langue comme marqueur d'identité », *Revue européenne des migrations internationales*, 1985, nº 1-2, p. 95-104.

BORLANDI, Massimo, BOUDON, Raymond, CHERKAOUI, Mohamed et VALADE, Bernard (dir.), *Dictionnaire de la pensée sociologique*, Paris, PUF, « Quadrige », 2005.

BOUDON, Raymond et LAZARSFELD, Paul, *Le vocabulaire des sciences sociales*, Paris, La Haye, Mouton, 1965.

BOUDON, Raymond, *L'inégalité des chances. La mobilité sociale dans les sociétés industrielles*, Paris, A. Colin, « Collection U », 1973.

BOURDELAIS, Patrice *et al.*, *État-providence. Arguments pour une réforme*, Paris, Gallimard, « Le Débat », 1996.

BROUARD, Sylvain et TIBERJ, Vincent, *Français comme les autres ? Enquête sur les citoyens d'origine maghrébine, africaine et turque*, Paris, Presses de Sciences-Po, 2005.

BURGESS, Ernest W. et BOGUE, Donald J., *Contributions to Urban Sociology*, The Chicago University Press, 1964.

CALVÈS, Gwénaële, « Les politiques françaises de lutte contre le racisme. Des politiques en mutation », *French Politics, Culture and Society*, vol. 18, nº 3, automne 2000, p. 75-81.

CASTEL, Robert, *Les métamorphoses de la question sociale*, Paris, Gallimard, « Folio essais », 1999 (1995).

CHAUVEL, Louis, *Le destin des générations. Structure sociale et cohortes en France au XXe siècle*, Paris, PUF, « Le lien social », 1998.

COHEN, Albert K., *La déviance*, Gembloux, Duculot, 1971 (1966).

COSTA-LASCOUX, Jacqueline, « L'intégration et ses indicateurs », Journée de la population européenne, Tours, 21 juillet 2005.

COULON, Alain, *L'École de Chicago*, Paris, PUF, « Que sais-je ? », 1992.

DAMON, Julien, *La question SDF. Critique d'une action publique*, Paris, PUF, « Le lien social », 2003.

DEWITTE, Philippe (dir.), *Immigration et intégration. L'état des savoirs*, Paris, La Découverte, 1999.

DUBET, François, *Le déclin de l'institution*, Paris, Seuil, 2002.

DUPUY, François, *La fatigue des élites*, Paris, Seuil, 2005.

DURKHEIM, Émile, *De la division du travail social*, Paris, Alcan, 1922 (1893).

— *Éducation et sociologie*, Paris, PUF, « Le sociologue », 1966 (1922).

— *Le suicide. Étude de sociologie*, Paris, PUF, « Quadrige », 1990 (1897).

— *Les règles de la méthode sociologique*, Paris, PUF, 1968 (1894).

EISENSTADT, Shmuel N., *An Absorption of Migrants. A Comparative Study Based Mainly on the Jewish Community in Palestine and the State of Israel*, Londres, Routledge and Kegan Paul, 1954.

ELIAS, Norbert, *La société de cour*, Paris, Flammarion, 1985 (1939).

— *La société des individus*, Paris, Fayard, 1991.

ESPING-ANDERSEN, Gosta, *The Three Worlds of Welfare Capitalism*, Cambridge, Polity Press, 1990.

FASSIN, Didier, « L'invention française de la discrimination », *Revue française de science politique*, vol. 52, nº 4, août 2002, p. 403-423.

FELOUZIS, Georges, « La ségrégation ethnique au collège et ses conséquences », *Revue française de sociologie*, 44-3, 2003, p. 413-447.

FLANQUART, Hervé, *Croyances et valeurs chez les jeunes Maghrébins*, Bruxelles, Complexe, 2003.

FRANCIS, Emerich K., *Interethnic Relationships. An Essay in Sociological Theory*, New York et Amsterdam, Elsevier, 1976.

FRAZIER, Franklin E., « Sociological Theory and Race Relations », *American Sociological Review*, nº 12, 1947, p. 265-271.

FURNISS, Norman et TILTON, Timothy A., *The Case for the Welfare State. From Social Security to Social Equality*, Bloomington, Indiana University Press, 1977.

GALLIE, Duncan et PAUGAM, Serge (dir.), *Welfare Regimes and the Experience of Unemployment*, Oxford University Press, 2000.

GLAZER, Nathan et MOYNIHAN, Patrick, *Beyond the Melting Pot. The Negroes, Puerto Ricans, Jews, Italian and Irish of New York City*, Cambridge, MIT Press, 1963.

GORDON, Milton M., *Assimilation in American Life. The Role of Race, Religion and National Origin*, New York, Oxford University Press, 1964.

GORZ, André, *Misère du présent, richesses du possible*, Paris, Galilée, 1977.

HALBWACHS, Maurice, *Esquisse d'une psychologie des classes sociales*, Paris, A. Colin, 1955.

HANHÖRSTER, Heike, « "Eene meene Muh, und raus vis du?". Lebenswelten türkischer Jugendlicher in benachteiligten Stadtteilen », *Zeitschrift für Migration and soziale Arbeit*, 2001, n° 3-4, p. 50-57.

HECKMANN, Friedrich et SCHNAPPER, Dominique (dir.), *The Integration of Immigrants in European Societies. National Differences and Trends of Convergence*, Stuttgart, Lucius & Lucius, 2003.

HÉRAN, François *et al.*, *Histoires de famille et histoires familiales. Les résultats de l'enquête famille de 1999*, Paris, Cahiers de l'INED, 2005.

HIRSCHI, Travis, *Causes of Delinquency*, University of California Press, 1969.

INGLEHART, Ronald, « Choc des civilisations ou modernisation culturelle du monde », *Le Débat*, n° 105, mai-août 1999, p. 23-54.

JACOB, Annie, *Le travail, reflet des cultures. Du sauvage indolent au travailleur productif*, Paris, PUF, « Économie en liberté », 1994.

KAUFMANN, Jean-Claude, *Ego. Pour une sociologie de l'individu*, Paris, A. Colin, 2001.

KYMLICKA, Will, *Multicultural Citizenship. A Liberal Theory of Minority Rights*, Oxford University Press, 1995.

LANDEKER, Werner S., « Types of Integration and their

Measurement», *American Journal of Sociology*, 56, 1950-1951, p. 332-340.

LAPEYRONNIE, Didier, *L'individu et les minorités. La France et la Grande-Bretagne face à leurs immigrés*, Paris, PUF, «Sociologie d'aujourd'hui», 1992.

LENSKI, G.E., «Status Cristallisation. A Non Vertical Dimension of Social Status», *American Sociological Review*, XIX, 1954, 4, p. 405-413.

LÉVI-STRAUSS, Claude (dir.), *L'identité*, Paris, Plon, 1977, p. 331.

LEV-ON, Azi et MANIN, Bernard, «Internet, la main invisible de la délibération», *Esprit*, mai 2006, p. 195-212.

LOCHE, Bernard et MARTIN, Christophe (dir.), *L'insécurité dans la ville. Changer de regard*, Paris, «Les entretiens de Saint-Denis, L'œil d'or, essais et entretiens», 2003.

MANIN, Bernard, *Principes du gouvernement représentatif*, Paris, Calmann-Lévy, 1995.

MARANGÉ, Jacques et LEBON, André, *L'insertion des jeunes d'origine étrangère dans la société française*, Paris, La Documentation française, 1982.

MAUSS, Marcel, *Œuvres, 3. Cohésion sociale et division de la sociologie*, Paris, Minuit, «Le sens commun», 1969 (1920).

MERTON, Robert K., «Social Structure and Anomie», *American Sociological Review*, 3 (5), 1938, p. 672-682; *Social Theory and Social Structure*, New York, Free Press, 1957; «Anomie, Anomia and Social Interaction», dans M.B. Clinard (ed.), *Anomie and Deviant Behavior. A Discussion and Critique*, New York, The Free Press, 1964, p. 213-243.

MESURE, Sylvie et RENAUT, Alain, *Alter ego. Les paradoxes de l'identité démocratique*, Paris, Aubier, «Alto», 1999.

MODOOD, Tariq, BEISHON, Sharon et VIRDREE, Satnam, *Changing Ethnic Identities*, Londres, Policy Studies Institute, 1994.

PARK, Robert E. et BURGESS, Ernest W., *Introduction to the Science of Sociology*, New York, Greenwood Press, 1924.

PARK, Robert E., *Race and Culture. Essays in the Sociology of Contemporary Man*, Glencoe, Illinois, The Free Press, 1950.

PAUGAM, Serge (dir.), *L'Europe face à la pauvreté. Les expériences nationales de revenu minimum*, Paris, La Documentation française, « Cahier travail et emploi », 1999.

— *Les formes élémentaires de la pauvreté*, Paris, PUF, « Le lien social », 2005.

PORTES, Alejandro (dir.), *The Economic Sociology of Immigration. Essays on Networks, Ethnicity and Entrepreneurship*, New York, Russell Sage Foundation, 1995.

RICHARD, Jean-Luc, *Partir ou rester? Destinées des jeunes issus de l'immigration*, Paris, PUF, « Le lien social », 2004.

RIFFAULT, Hélène, « L'Évolution des valeurs des Européens », *Futuribles*, numéro spécial 200, juillet-août 1995.

SAFI, Mirna, « Le processus d'intégration des immigrés en France. Inégalités et segmentation », *Revue française de sociologie*, 47-1, 2006, p. 3-48.

SAYAD, Abdelmalek, « Les enfants illégitimes », Ire partie, *Actes de la recherche en sciences sociales*, n° 25, janvier 1979, p. 61-81, 2e partie, n° 26-27, mars-avril 1979, p. 117-132.

SCHNAPPER, Dominique, *La France de l'intégration. Sociologie de la nation en 1990*, Paris, Gallimard, « Bibliothèque des sciences humaines », 1991.

— *La communauté des citoyens. Sur l'idée moderne de nation*, Paris, Gallimard, « NRF Essais », 1994.

— *La démocratie providentielle. Essai sur l'égalité contemporaine*, Paris, Gallimard, « NRF Essais », 2002.

SCHWARZ, Thomas, *Zuwanderer im Netz des Wohlfahrtsstaates. Türkische Jugendliche und die Berline Kommunalpolitik*, Berlin, Parabolis, 1992.

SILBERMAN, Roxane et FOURNIER, Irène, « Les enfants d'immigrés sur le marché du travail. Les mécanismes d'une discrimination sélective », *Formation/Emploi*, 1999, n° 65, p. 31-55.

SIMMEL, Georg, *Les pauvres*, Paris, PUF, « Quadrige », 1998 (1907).

— *Sociologie et épistémologie*, Paris, PUF, « Sociologies », 1981.

SINGLY, François de, *Les uns avec les autres. Quand l'individualisme crée du lien*, Paris, A. Colin, 2003.

Social Focus on Ethnic Minorities, Londres, Office for National Statistics, 1996.

SUTHERLAND, Edwin H. et CRESSEY, Donald R., *Principes de criminologie*, Paris, Cujas, 1966 (1960).

THOMAS, William I. et ZNANIECKI, Florian, *The Polish Peasant in Europe and America*, Chicago University Press, 1918-1920.

TITMUSS, Richard, *Social Policy*, Londres, Allen and Unwin, 1974.

TOCQUEVILLE, Alexis de, *De la démocratie en Amérique*, Paris, Gallimard, « Folio histoire », 2003.

TÖNNIES, Ferdinand, *Communauté et société. Catégories fondamentales de la sociologie pure*, Paris, Retz-CEPL, 1977 (1887).

TRIBALAT, Michèle (avec Patrick Simon et Benoît Riandey), *De l'immigration à l'assimilation. Enquête sur les populations d'origine étrangère en France*, Paris, La Découverte/
INED, 1996.

VALLET, Louis-André, « L'assimilation scolaire des enfants issus de l'immigration et son interprétation. Un examen sur données françaises », *Revue française de pédagogie*, nº 117, octobre-décembre 1996, p. 7-27.

WEBER, Max, *Économie et société*, tome 1, Paris, Plon, 1971.

WIRTH, Louis, *The Ghetto*, The Chicago University Press, 1928 (trad. française, Presses universitaires de Grenoble, 1988).

YINGER, Milton J. « Toward a Theory of Assimilation and Dissimilation », *Ethnic and Racial studies*, 463 (1981), p. 249-263 ; « Ethnicity », *Annual Review of Sociology*, 11 (1985), p. 151-180.

NOTES

INTRODUCTION. HISTOIRE DE MOTS

1. Eliezer Ben-Rafaël, article « Intégration », dans Massimo Borlandi, Raymond Boudon, Mohamed Cherkaoui, Bernard Valade (dir.), *Dictionnaire de la pensée sociologique*, Paris, PUF, « Quadrige », 2005.

2. Les désignations impliquent toujours une conception de la réalité sociale. Les qualificatifs de « seconde génération » ou de « jeunes issus de l'immigration » ont l'inconvénient de désigner des populations autochtones à partir de l'immigration de leurs parents ou de leurs grands-parents. Reste que l'expérience de ces derniers continue à influencer le destin social de ceux qui sont nés et installés en France. Ils revendiquent cet héritage et, s'ils ne le font pas, les autres les assignent souvent à cette origine. Le terme de « descendants de migrants » désigne, indépendamment du nombre des générations les séparant de la migration, d'ailleurs toujours difficile à préciser, ceux pour lesquels l'expérience des parents continue à avoir un sens, à faire partie des données qui influencent l'expérience et la condition sociales.

3. Raymond Aron, *L'opium des intellectuels*, Paris, Hachette, « Pluriel », 2002 (1955), p. 49.

4. Azouz Begag, *L'intégration*, Paris, Le Cavalier Bleu, « Idées reçues », 2003, p. 117.

5. Didier Lapeyronnie, « Quelle intégration ? », dans Ber-

nard Loche et Christophe Martin (dir.), *L'insécurité dans la ville. Changer de regard,* Paris, « Les entretiens de Saint-Denis, L'œil d'or, essais et entretiens », 2003, p. 95.

6. *Ibid.*, p. 96.
7. *Ibid.*, p. 97.
8. Titres de chapitres ou sous-chapitres de l'ouvrage de Didier Lapeyronnie, *L'individu et les minorités. La France et la Grande-Bretagne face à leurs immigrés,* Paris, PUF, « Sociologie d'aujourd'hui », 1992.
9. Communiqué du Conseil des ministres du 11 janvier 2006.
10. Hazel Blears, *Le Figaro,* 30 décembre 2005.
11. « L'assimilation culturelle des immigrants », Supplément à la revue *Population,* 1950, p. 21.
12. Richard Alba et Victor Nee, « Rethinking Assimilation Theory for a New Era of Immigration », *International Migration Review,* 31. 4, 1997, p. 827.

1. LA TRADITION DE LA PENSÉE SOCIOLOGIQUE

1. C'est la raison pour laquelle nous n'évoquerons qu'en passant l'œuvre de Georg Simmel, dont l'influence, malgré ses liens avec certains des sociologues de l'École de Chicago, est restée, jusqu'à une date récente, très indirecte sur le déroulement des recherches. On pourra se reporter en particulier au chapitre « Comment les formes sociales se maintiennent », dans Georg Simmel, *Sociologie et épistémologie,* Paris, PUF, « Sociologies », 1981.
2. Émile Durkheim, *De la division du travail social,* Paris, Alcan, 1922 (1893), p. 101.
3. Émile Durkheim, *Le suicide. Étude de sociologie,* Paris, PUF, « Quadrige », 1990 (1897), p. 222-223.
4. *Ibid.*, p. 208.
5 *Ibid.*, p. 213 et 215.
6. *Ibid.*, p. 173.
7. *Ibid.*, p. 222.
8. É. Durkheim, *De la division…, op. cit.*, p. 207.
9. Philippe Besnard, *L'Anomie. Ses usages et ses fonc-*

tions dans la discipline sociologique depuis Durkheim, Paris, PUF, « Sociologies », 1987, p. 99.

10. É. Durkheim, *De la division...*, *op. cit.*, p. 234-235.

11. Émile Durkheim, *Éducation et sociologie*, Paris, PUF, « Le sociologue », 1966 (1922), p. 50.

12. Émile Durkheim, *Les règles de la méthode sociologique*, Paris, PUF, 1968 (1894), p. 7.

13. É. Durkheim, *Le suicide...*, *op. cit.*, p. 325.

14. É. Durkheim, *De la division ..*, *op. cit.*, p. 122 et 123.

15. *Ibid.*, p. 279.

16. Marcel Mauss, *Œuvres, 3. Cohésion sociale et division de la sociologie*, Paris, Minuit, « Le sens commun », 1969 (1920), p. 581.

17. *Ibid.*, p. 584.

18. *Ibid.*, p. 588.

19. *Ibid.*, p. 604.

20. *Ibid.*, p. 593.

21. *Ibid.*, p. 593.

22. *Ibid.*, p. 20.

23. Maurice Halbwachs, *Esquisse d'une psychologie des classes sociales*, Paris, A. Colin, 1955, p. 37.

24. *Ibid.*, p. 41.

25. *Ibid.*, p. 53.

26. *Ibid.*, p. 54.

27. Sur l'humiliation de la classe ouvrière aujourd'hui, voir Stéphane Beaud et Michel Pialoux, *Retour sur la condition ouvrière. Enquête aux usines Peugeot de Sochaux-Montbéliard*, Paris, Fayard, 1999.

28. Ferdinand Tönnies, *Communauté et société. Catégories fondamentales de la sociologie pure*, Paris, Retz-CEPL, 1977 (1887), p. 48.

29. *Ibid.*, p. 62-63.

30. *Ibid.*, p. 81.

31. *Ibid.*, p. 213 et 214

32. *Ibid.*, p. 276.

33. *Ibid.*, p. 280.

34. *Ibid.*, p. 281-282.

35. Jean-Pierre Grossein a proposé de traduire les deux termes par « communautarisation » et « sociétisation ».

36. Max Weber, *Économie et société*, tome premier, Paris,

Plon, 1971, p. 41. Je garde les guillemets pour indiquer que « société » et « communauté » sont utilisées dans le sens de Tönnies et de Weber.

37. *Ibid.*, p. 42.

38. Norbert Elias, *La société des individus*, Paris, Fayard, 1991, p. 32.

39. *Ibid.*, p. 41.

40. *Ibid.*, p. 52.

41. *Ibid.*, p. 50-51.

42. Norbert Elias, *La société de cour*, Paris, Flammarion, 1985 (1939), p. 153.

43. N. Elias, *La société des individus*..., *op. cit.*, p. 84.

44. William I. Thomas et Florian Znaniecki, *The Polish Peasant in Europe and America*, Chicago University Press, 1918-1920.

45. Robert K. Merton, « Social Structure and Anomie », *American Sociological Review*, 3 (5), 1938, p. 672-682 ; *Social Theory and Social Structure*, New York, Free Press, 1957 ; « Anomie, Anomia and Social Interaction », dans M.B. Clinard (ed.), *Anomie and Deviant Behavior. A Discussion and Critique*, New York, The Free Press, 1964, p. 213-243.

46. Travis Hirschi, *Causes of Delinquency*, University of California Press, 1969.

47. Edwin H. Sutherland et Donald R. Cressey, *Principes de criminologie*, Paris, Cujas, 1966 (1960).

48. Albert K. Cohen, *La déviance*, Gembloux, Duculot, 1971 (1966).

49. Howard S. Becker, *Outsiders. Studies in the Sociology of Deviance*, New York, The Free Press, 1963.

50. Claude Lévi-Strauss (dir.), *L'identité*, Paris, Plon, 1977, p. 331.

51. *Ibid.*, p. 332.

52. É. Durkheim, *De la division*..., *op. cit.*, p. 28.

53. *Ibid.*, p. 78.

54. Raymond Boudon et Paul Lazarsfeld, *Le vocabulaire des sciences sociales*, Paris, La Haye, Mouton, 1965, p. 10. Italiques des auteurs.

55. C'est une analyse parallèle à celle qu'on a pu mener à propos de certains individus dont les éléments du statut

social sont divergents, par exemple le « nouveau riche », dont la richesse apparaît décalée avec une origine sociale très modeste ou l'affiliation à un groupe ethnique méprisé, comme les juifs ou les Afro-Américains. On a pu expliquer à partir de cette « décristallisation » du statut social nombre de comportements, tels le vote ou même la probabilité de se suicider. Cf. G.E. Lenski, « Status Cristallisation. A Non Vertical Dimension of Social Status », *American Sociological Review*, XIX, 1954, 4, p. 405-413.

56. Werner S. Landeker, « Types of Integration and their Measurement », *American Journal of Sociology*, 56, 1950-1951, p. 332-340. Traduit dans R. Boudon et P. Lazarsfeld, *Le vocabulaire...*, *op. cit* , p. 37-48.

57. Robert C. Angell, « Structural Integration », *International Encyclopedia of Social Sciences*, Mac Millan, volume 7, 1968, p. 385.

58. É. Durkheim, *De la division...*, *op. cit.*, p. 8.

59. Robert Castel, *Les métamorphoses de la question sociale*, Paris, Gallimard, « Folio essais », 1999 (1995), p. 16.

60. Georg Simmel, *Les pauvres*, Paris, PUF, « Quadrige », 1998 (1907), p. 34.

61. Dominique Schnapper, *La France de l'intégration. Sociologie de la nation en 1990*, Paris, Gallimard, « Bibliothèque des sciences humaines », 1991, p. 99.

62. R. Castel, *Les métamorphoses...*, *op. cit.*, p. 685.

63. Philippe Dewitte (dir.), *Immigration et intégration. L'état des savoirs*, Paris, La Découverte, 1999, p. 8.

64. Jean-Luc Richard, *Partir ou rester? Destinées des jeunes issus de l'immigration*, Paris, PUF, « Le lien social », 2004, p. 15.

65. G. Simmel, *Les pauvres...*, *op. cit.*

66. É. Durkheim, *Le suicide...*, *op. cit.*, p. 428-429. Mes italiques.

2. L'INTÉGRATION DES MIGRANTS ET DE LEURS DESCENDANTS À LA SOCIÉTÉ NATIONALE

1. Robert E. Park et Ernest W. Burgess, *Introduction to the Science of Sociology*, New York, Greenwood Press, 1924, p. 735-737.

2. Robert E. Park, *Race and Culture. Essays in the Sociology of Contemporary Man*, Glencoe, Illinois, The Free Press, 1950, p. 150.

3. Voir sa préface à Romanzo Adams, *Interracial Mariage in Hawaï*, Mac Millan, 1937, traduit par Alain Coulon, *L'École de Chicago*, Paris, PUF, « Que sais-je ? », 1992, p. 47.

4. Louis Wirth, *The Ghetto*, The Chicago University Press, 1928 (trad. française, Presses universitaires de Grenoble, 1988).

5. Ernest W. Burgess et Donald J. Bogue, *Contributions to Urban Sociology*, The Chicago University Press, 1964, p. 325. Trad. par Alain Coulon, *L'École…, op. cit.*, p. 36.

6. Emerich K. Francis, *Interethnic Relationships. An Essay in Sociological Theory*, New York et Amsterdam, Elsevier, 1976, p. 392.

7. Shmuel N. Eisenstadt, *An Absorption of Migrants. A Comparative Study Based Mainly on the Jewish Community in Palestine and the State of Israel*, Londres, Routledge and Kegan Paul, 1954.

8. Nathan Glazer et Patrick Moynihan, *Beyond the Melting Pot. The Negroes, Puerto Ricans, Jews, Italian and Irish of New York City*, Cambridge, MIT Press, 1963.

9. Milton M. Gordon, *Assimilation in American Life. The Role of Race, Religion and National Origin*, New York, Oxford University Press, 1964.

10. Franklin E. Frazier, « Sociological Theory and Race Relations », *American Sociological Review*, n° 12, 1947, p. 270.

11. Milton J. Yinger, « Toward a Theory of Assimilation and Dissimilation », *Ethnic and Racial Studies*, 463 (1981), p. 249-263 ; « Ethnicity », *Annual Review of Sociology*, 11 (1985), p. 151-180.

12. Alejandro Portes (dir.), *The Economic Sociology of Immigration. Essays on Networks, Ethnicity and Entrepreneurship*, New York, Russell Sage Foundation, 1995, en particulier le chapitre 7.

13. Cette conclusion est celle de Mirna Safi après une exploitation secondaire de l'enquête MGIS (voir note 20 de ce chapitre). Cf. Mirna Safi, « Le processus d'intégration des immigrés en France. Inégalités et segmentation », *Revue française de sociologie*, 47-1, 2006, p. 3-48.

14. Jacqueline Costa-Lascoux, « L'intégration et ses indicateurs », Journée de la population européenne, Tours, 21 juillet 2005. Site <iussp.org>

15. Jacqueline Costa-Lascoux, « L'intégration à la française. Une philosophie, des lois », dans P. Dewitte (dir.), *Immigration et intégration…*, *op. cit.*, p. 329 et suiv.

16. Voir par exemple, Will Kymlicka, *Multicultural Citizenship. A Liberal Theory of Minority Rights*, Oxford University Press, 1995 ; Sylvie Mesure et Alain Renaut, *Alter ego. Les paradoxes de l'identité démocratique*, Paris, Aubier, « Alto », 1999.

17. On peut se demander si cela n'aboutirait pas, dans quelques décennies, à adopter l'anglais comme langue commune, comme c'est actuellement le cas dans la péninsule indienne.

18. S. Mesure et A. Renaut, *Alter ego…*, *op. cit.*

19. Dominique Schnapper, *La communauté des citoyens. Sur l'idée moderne de nation*, Paris, Gallimard, « NRF Essais », 1994.

20. L'enquête Mobilité géographique et insertion sociale (MGIS), présentée en particulier par Michèle Tribalat (avec Patrick Simon et Benoît Riandey), *De l'immigration à l'assimilation. Enquête sur les populations d'origine étrangère en France*, reposait sur trois sous-échantillons : immigrés (8 522 questionnaires exploitables), enfants d'immigrés nés en France (1 921 questionnaires exploitables) et un échantillon témoin (1 822 questionnaires exploitables). Elle comprenait des personnes venues d'Espagne, du Portugal, d'Algérie, du Maroc, de Turquie, d'Asie (Cambodge, Laos, Vietnam) et d'Afrique subsaharienne. Pour les jeunes nés en France, l'étude s'est limitée aux enfants d'Algériens,

d'Espagnols et de Portugais qui ont accepté de répondre à l'enquête.

21. *Ibid.*, p. 99 et 100.

22. Ce résultat a été confirmé plus récemment par l'enquête EFFNATIS (voir plus loin) et par l'enquête de l'INED publiée par François Héran *et al.*, *Histoires de famille et histoires familiales. Les résultats de l'enquête famille de 1999*, Paris, Cahiers de l'INED, 2005.

23. M. Tribalat, *De l'immigration…*, *op. cit.*, p. 205.

24. Abdelmalek Sayad, « Les enfants illégitimes », Ire partie, *Actes de la recherche en sciences sociales*, n° 25, janvier 1979, p. 61-81, 2e partie, n° 26-27, mars-avril 1979, p. 117-132.

25. Marnia Belhadj, *La conquête de l'autonomie. Histoire de Françaises descendantes de migrants algériens*, Paris, Les Éditions de l'Atelier/Éditions ouvrières, 2006 ; Hervé Flanquart, *Croyances et valeurs chez les jeunes Maghrébins*, Bruxelles, Complexe, 2003.

26. Louis-André Vallet, « L'assimilation scolaire des enfants issus de l'immigration et son interprétation. Un examen sur données françaises », *Revue française de pédagogie*, n° 117, octobre-décembre 1996, p. 7-27.

27. J.-L. Richard, *Partir ou rester ?…*, *op. cit.* L'étude est fondée sur une analyse longitudinale des données recueillies dans l'échantillon démographique permanent (EDP), au sein de la division Enquêtes et études démographiques de l'INSEE de 1975 à 1990.

28. *Ibid.*, p. 204.

29. Sylvain Brouard et Vincent Tiberj, *Français comme les autres ? Enquête sur les citoyens d'origine maghrébine, africaine et turque*, Paris, Presses de Sciences-Po, 2005. L'enquête, qui s'est déroulée en avril-mai 2005, a porté sur un échantillon représentatif de 1 003 Français âgés de plus de 18 ans issus de l'immigration d'Afrique et de Turquie, c'est-à-dire dont au moins l'un des parents ou grands-parents possédait la nationalité d'un de ces pays. Les résultats ont été confrontés à ceux d'un échantillon de 1 006 Français âgés de plus de 18 ans représentatif de l'ensemble de la population française. L'échantillon des descendants de migrants est plus jeune, les 18-31 ans

représentant 51 % du premier échantillon et 22 % du second et, par l'effet de la diffusion des diplômes dans la jeune génération, plus diplômé.

30. Une enquête de Céline Braconnier dans une cité de banlieue confirme que, parmi les jeunes, un tiers n'est pas inscrit sur les listes électorales et un cinquième « malinscrits » (ils n'ont pas fait leur changement d'inscription après un déménagement). (Communication à la journée d'étude du Centre d'analyse stratégique du 25 avril 2006).

31. S. Brouard et V. Tiberj, *Français comme les autres ?...*, *op. cit.*, p. 108.

32. L'enquête portant sur les enfants de migrants âgés de 18 à 25 ans, nés ou arrivés avant l'âge de 6 ans en Allemagne, France ou Grande-Bretagne, a été réalisée en réponse à un appel d'offre de la Commission européenne, « Effectiveness of National Integration Strategies Towards Second Generation Migrants » ou « EFFNATIS » (référence : *EFFNATIS project* SOE2-CT07-3055). Elle a été réalisée sous la direction scientifique de Friedrich Heckman, Roger Penn et Dominique Schnapper. Entre 1999 et 2000 ont été interrogés en Angleterre 178 enfants de migrants pakistanais, 130 de migrants gujaratis et 418 enfants d'autochtones ; en Allemagne, 287 enfants de migrants turcs, 283 enfants de migrants yougoslaves et 215 enfants d'autochtones ; en France, 218 enfants de migrants algériens, 212 enfants de migrants portugais et 286 enfants d'autochtones, soit un total de 2 226 personnes. L'enquête qui n'a pas fait l'objet d'une publication d'ensemble a donné lieu à plusieurs rapports remis à la Commission et consultables sur le site de l'université de Bamberg, <efms.de>.

33. Étant donné l'âge des interviewés, on n'a pu apprécier que marginalement cet item.

34. Les enfants d'autochtones ont été définis comme tous ceux dont les parents ne sont pas des migrants.

35. Jacques Marangé et André Lebon, *L'insertion des jeunes d'origine étrangère dans la société française*, Paris, La Documentation française, 1982.

36. Jacqueline Billiez, « La langue comme marqueur d'identité », *Revue européenne des migrations internationales*, 1985, n° 1-2, p. 95-104.

37. Les Anglo-Pakistanais ne constituent pas une « communauté », au sens juridique du terme, qui disposerait de droits collectifs, mais ils sont socialement regroupés dans les mêmes espaces urbains, autour de leur mosquée, ils se fréquentent étroitement et leurs leaders les représentent auprès des pouvoirs locaux et même nationaux pour obtenir des droits particuliers.

38. En Allemagne, on a noté, par exemple, que la plupart des jeunes Turcs qui se regroupaient en « bandes » dans les quartiers défavorisés ne fréquentaient, en dehors de l'école, que des amis de la même origine qu'eux et que la « bande » était constituée exclusivement de jeunes de même origine. Cf. Heike Hanhörster, « "Eene meene Muh, und raus vis du?". Lebenswelten türkischer Jugendlicher in benachteiligten Stadtteilen », *Zeitschrift für Migration and soziale Arbeit*, 2001, n° 3-4, p. 50-57.

39. Au début des années 1990, les offres de loisirs des municipalités en direction des jeunes étaient souvent différentes, notamment à Berlin : aux filles de migrants turcs étaient surtout proposées des activités tournées vers la maison (couture, ordinateur...), au contraire de celles qui étaient proposées aux filles d'autochtones. Cf. Thomas Schwarz, *Zuwanderer im Netz des Wohlfahrtsstaates. Türkische Jugendliche und die Berline Kommunalpolitik*, Berlin, Parabolis, 1992.

40. Une enquête nationale a montré que, parmi ceux qui ont entre 16 et 24 ans, 12 % des *Whites*, 25 % des Anglo-Pakistanais et des Anglo-Bangladais du même âge, 36 % des Anglo-Indiens avaient assisté à un office religieux dans le mois précédant l'enquête. Cf. *Social Focus on Ethnic Minorities*, Londres, Office for National Statistics, 1996.

41 Tariq Modood, Sharon Beishon et Satnam Virdree, *Changing Ethnic Identities*, Londres, Policy Studies Institute, 1994.

42. *Le Monde*, 21 février 2006, p. 6, *Le Figaro*, 2 mars 2006, p. 6. Le président de la Commission pour l'égalité raciale, originaire des Antilles, déclarait que « certaines minorités doivent accepter le fait que nous sommes attachés à la démocratie, que nous réglons nos différends par le bulletin de vote, non par la violence ou la menace et que

nous tolérons des choses que nous n'apprécions pas forcément». Selon le même sondage, 53 % des musulmans estimaient que la communauté juive avait trop d'influence sur la politique extérieure des Britanniques.

43. Raymond Boudon, *L'inégalité des chances. La mobilité sociale dans les sociétés industrielles*, Paris, A. Colin, «Collection U», 1973.

44. Ce résultat recoupe celui de Roxane Silberman et Irène Fournier, «Les enfants d'immigrés sur le marché du travail. Les mécanismes d'une discrimination sélective», *Formation/Emploi*, 1999, nº 65, p. 31-55.

45. Istvan Bibo, *Misère des petits États de l'Europe de l'Est*, Paris, L'Harmattan, 1986 (1947), p. 322.

46. Sur les caractéristiques de cette évolution, voir Dominique Schnapper, *La démocratie providentielle. Essai sur l'égalité contemporaine*, Paris, Gallimard, «NRF Essais», 2002

3. L'INTÉGRATION *DE* LA SOCIÉTÉ NATIONALE

1. R. Castel, *Les métamorphoses…*, *op. cit.*, p. 758.

2. François Dubet, *Le déclin de l'institution*, Paris, Seuil, 2002.

3. Cette citation ainsi que les suivantes ont été emprun tées à Annie Jacob, *Le travail, reflet des cultures. Du sauvage indolent au travailleur productif*, Paris, PUF, «Économie en liberté», 1994.

4. Yves Barel, «Le grand intégrateur», *Connexions*, nº 56, 1990, p. 85-100.

5. D. Schnapper, *La France de l'intégration…*, *op. cit.*

6. Bernard Manin, *Principes du gouvernement représentatif*, Paris, Calmann-Lévy, 1995.

7. Azi Lev-On et Bernard Manin, «Internet, la main invisible de la délibération», *Esprit*, mai 2006, p. 195-212.

8. S. Beaud et M. Pialoux, *Retour sur la condition ouvrière…*, *op. cit.*

9. François Dupuy, *La fatigue des élites*, Paris, Seuil, 2005.

10. Serge Paugam, *Les formes élémentaires de la pauvreté*, Paris, PUF, « Le lien social », 2005.

11. « Lorsque la loi des successions établit le partage égal, elle détruit la liaison intime qui existait entre l'esprit de famille et la conservation de la terre, la terre cesse de représenter la famille. [...] Là où finit l'esprit de famille, l'égoïsme individuel rentre dans la réalité de ses penchants. Comme la famille ne se présente plus à l'esprit que comme une chose vague, indéterminée, incertaine, chacun se concentre dans la commodité du présent ; on songe à l'établissement de la génération qui va suivre, et rien de plus » (*De la démocratie en Amérique*, Paris, Gallimard, « Folio histoire », 2003, I, 1, 3, p. 98). « Non seulement la démocratie fait oublier à chaque homme ses aïeux, mais elle lui cache ses descendants » (*id.*, III, 2, 2, p. 145).

12. François de Singly, *Les uns avec les autres. Quand l'individualisme crée du lien*, Paris, A. Colin, 2003.

13. *Ibid.*, p. 239.

14. *Ibid.*

15. Jean-Claude Kaufmann, *Ego. Pour une sociologie de l'individu*, Paris, A. Colin, 2001, en particulier le chapitre 11.

16. Christian Baudelot et Roger Establet, *Suicide. L'envers du monde*, Paris, Seuil, 2006, p. 142-144.

17. D. Schnapper, *La démocratie providentielle..., op. cit.*

18. André Gorz, *Misère du présent, richesses du possible*, Paris, Galilée, 1977, p. 134.

19. Je rejoins ici l'analyse de Robert Castel : « L'État social est la forme moderne de la cohésion sociale », « Le social forme désormais l'ossature du sociétal », *Les métamorphoses..., op. cit.*, p. 708 et 709.

20. Ces analyses ont été développées dans divers ouvrages, on en trouvera l'essentiel dans Ronald Inglehart, « Choc des civilisations ou modernisation culturelle du monde », *Le Débat*, nº 105, mai-août 1999, p. 23-54.

21. *Ibid.*, p. 34.

22. Didier Fassin, « L'Invention française de la discrimination », *Revue française de science politique*, vol. 52, nº 4, août 2002, p. 403-423.

23. Gwénaële Calvès, « Les politiques françaises de lutte

contre le racisme. Des politiques en mutation », *French Politics, Culture and Society*, vol. 18, nº 3, automne 2000, p. 78.

24. Hélène Riffault, « L'évolution des valeurs des Européens », *Futuribles*, numéro spécial 200, juillet-août 1995.

25. R. Inglehart, « Choc des civilisations... », article cité, p. 34 et 46.

26. Gosta Esping-Andersen, *The Three Worlds of Welfare Capitalism*, Cambridge, Polity Press, 1990. Depuis la publication de ce livre, plusieurs auteurs ont introduit un autre type, celui de l'Europe du Sud.

27. Richard Titmuss, *Social Policy*, Londres, Allen and Unwin, 1974.

28. Norman Furniss et Timothy A. Tilton, *The Case for the Welfare State. From Social Security to Social Equality*, Bloomington, Indiana University Press, 1977.

29. Laurence Assous et Pierre Ralle, « La prise en charge des personnes âgées dépendantes en Allemagne, Espagne, France, Italie, Royaume-Uni et Suède : une étude de cas types », ministère des Affaires sociales, du Travail et de la Solidarité, *DARESS, Études et résultats*, nº 176, juin 2002.

30. Le paragrapne qui suit est directement issu des travaux animés par Serge Paugam. Cf., en particulier, Serge Paugam (dir.), *L'Europe face à la pauvreté. Les expériences nationales de revenu minimum*, Paris, La Documentation française, « Cahier travail et emploi », 1999.

31. Voir par exemple la recommandation du Conseil des Communautés européennes du 24 juin 1992 (92/441/CEE).

32. S. Paugam, *L'Europe face..., op. cit.*, p. 13-41.

33. Duncan Gallie et Serge Paugam (dir.), *Welfare Regimes and the Experience of Unemployment*, Oxford University Press, 2000, p. 351-373.

34. Friedrich Heckmann et Dominique Schnapper (dir.), *The Integration of Immigrants in European Societies. National Differences and Trends of Convergence*, Stuttgart, Lucius & Lucius, 2003.

35. Julien Damon, *La question SDF. Critique d'une action publique*, Paris, PUF, « Le lien social », 2003, p. 177 et suiv.

36. Georges Felouzis, « La ségrégation ethnique au col-

lège et ses conséquences», *Revue française de sociologie*, 44-3, 2003, p. 413-447.

37. Sur les inégalités entre générations et la fermeture de la société française aux plus jeunes, on consultera Louis Chauvel, *Le destin des générations. Structure sociale et cohortes en France au XX*e *siècle*, Paris, PUF, «Le lien social», 1998.

38. Denis Olivennes, «La préférence française pour le chômage», dans Patrice Bourdelais *et al.*, *État-providence. Arguments pour une réforme*, Paris, Gallimard, «Le Débat», 1996, p. 173.

CONCLUSION

1. M. Mauss, *Cohésion sociale...*, *op. cit.*, p. 13 et 25.

INDEX DES NOMS*

* Établi par Benoît Farcy.

APPENDICES

DU MÊME AUTEUR

Aux Éditions Gallimard

L'ITALIE ROUGE ET NOIRE, 1971.

JUIFS ET ISRAÉLITES, « Idées », 1980 (trad. en anglais).

L'ÉPREUVE DU CHÔMAGE, « Idées », 1981 ; « Folio actuel », 1994.

SIX MANIÈRES D'ÊTRE EUROPÉEN, ouvrage collectif sous sa direction et celle d'Henri Mendras, « Bibliothèque des sciences humaines », 1990.

LA FRANCE DE L'INTÉGRATION. SOCIOLOGIE DE LA NATION EN 1990, « Bibliothèque des sciences humaines », 1991

LA COMMUNAUTÉ DES CITOYENS. SUR L'IDÉE MODERNE DE NATIONS, « NRF Essais », 1994 ; « Folio actuel », 2003. Prix de l'Assemblée nationale (trad. en anglais, espagnol, grec, turc, serbo-croate, macédonien, roumain, bulgare, ukrainien, japonais).

LA RELATION À L'AUTRE. AU CŒUR DE LA PENSÉE SOCIOLOGIQUE, « NRF Essais », 1998 (trad. en turc et en bulgare).

QU'EST-CE QUE LA CITOYENNETÉ ?, « Folio actuel », 2000 (avec Christian Bachelier) (trad. en catalan et en roumain).

QUESTIONNER LE RACISME, « Le Forum », 2000 (avec Sylvain Allemand).

LA DÉMOCRATIE PROVIDENTIELLE. ESSAI SUR L'ÉGALITÉ CONTEMPORAINE, « NRF Essais », 2002 (trad. en italien, anglais, espagnol, turc).

Chez d'autres éditeurs

MORPHOLOGIE DE LA HAUTE ADMINISTRATION, 1. LES AGENTS DU SYSTÈME ADMINISTRATIF, 2. LE SYSTÈME ADMINISTRATIF, Mouton, 1969 et 1972 (avec Alain Darbel).

SOCIOLOGIE DE L'ITALIE, PUF, « Que sais-je ? », 1974 (trad. en italien).

HISTOIRE ORALE OU ARCHIVES ORALES ? Association pour l'histoire de la Sécurité sociale, 1980 (avec Danièle Hanet *et al.*)

LA RÉVOLUTION INVISIBLE. RECHERCHES SUR LA DIFFUSION DE LA CONNAISSANCE EN MATIÈRE DE SÉCURITÉ SOCIALE, Association pour l'histoire de la Sécurité sociale, 1989.

L'EUROPE DES IMMIGRÉS, ESSAI SUR LES POLITIQUES D IMMIGRATION, François Bourin, 1992.

MUSULMANS EN EUROPE, ouvrage collectif sous sa direction et celle de Bernard Lewis, Actes Sud, Observatoire du changement social, 1992 (trad. en anglais).

CONTRE LA FIN DU TRAVAIL, Textuel, 1997 (trad. en portugais).

LA COMPRÉHENSION SOCIOLOGIQUE. DÉMARCHE DE L'ANALYSE SOCIOLOGIQUE, PUF, « Le lien social », 1999 ; « Quadrige », 2005.

AU FUR ET À MESURE. CHRONIQUES 2000-2002, Odile Jacob, 2003.

THE INTEGRATION OF IMMIGRANTS IN EUROPEAN SOCIETIES. NATIONAL DIFFERENCES AND TRENDS OF CONVERGENCE, ouvrage collectif sous sa direction et celle de Friedrich Heckmann, Stuttgart, Lucius & Lucius, 2003.

DIASPORAS ET NATIONS, Odile Jacob, 2006 (avec Chantal Bordes-Benayoun).

DANS LA COLLECTION FOLIO/ACTUEL

9 Thierry Pfister : *La vie quotidienne a Matignon au temps de l'union de la gauche.*
10 Édouard Masurel : *L'année 1986 dans* Le Monde *(Les principaux événements en France et à l'étranger).*
11 Marcello Padovani : *Les dernières années de la mafia.*
12 Alain Duhamel : *Le Ve Président.*
13 Édouard Masurel : *L'année 1987 dans* Le Monde *(Les principaux événements en France et à l'étranger).*
14 Anne Tristan : *Au Front.*
15 Édouard Masurel : *L'année 1988 dans* Le Monde *(Les principaux événements en France et à l'étranger).*
16 Bernard Deleplace : *Une vie de flic.*
17 Dominique Nora : *Les possédés de Wall Street.*
18 Alain Duhamel : *Les habits neufs de la politique.*
19 Édouard Masurel : *L'année 1989 dans* Le Monde *(Les principaux événements en France et à l'étranger).*
20 Edgar Morin : *Penser l'Europe.*
21 Édouard Masurel : *L'année 1990 dans* Le Monde *(Les principaux événements en France et à l'étranger).*
22 Étiemble : *Parlez-vous franglais ?*
23 Collectif : *Un contrat entre les générations (Demain, les retraites).*
24 Alexandre Zinoviev : *Les confessions d'un homme en trop.*
25 Frantz Fanon : *Les damnés de la terre.*
26 Paul Bairoch : *Le Tiers-Monde dans l'impasse.*
27 Édouard Masurel : *L'année 1991 dans* Le Monde *(Les principaux événements en France et à l'étranger).*
28 Raoul Vaneigem : *Traité de savoir-vivre à l'usage des jeunes générations.*
29 Georges Corm : *Liban : les guerres de l'Europe et de l'Orient 1840-1992*
30 Pierre Assouline : *Les nouveaux convertis (Enquête sur*

des chrétiens, des juifs et des musulmans pas comme les autres).

31 Régis Debray : *Contretemps (Éloges des idéaux perdus).*

32 Brigitte Camus-Lazaro : *L'année 1992 dans* Le Monde *(Les principaux événements en France et à l'étranger).*

33 Donnet Pierre-Antoine : *Tibet mort ou vif.*

34 Laurent Cohen-Tanugi : *La métamorphose de la démocratie française.*

35 Jean-Jacques Salomon : *Le destin technologique.*

36 Brigitte Camus-Lazaro : *L'année 1993 dans* Le Monde *(Les principaux événements en France et à l'étranger).*

37 Edwy Pienel : *La part d'ombre.*

38 Sous la direction de Jacques Testart : *Le Magasin des enfants.*

39 Alain Duhamel : *Les peurs françaises.*

40 Gilles Perrault : *Notre ami le roi.*

41 Albert Memmi : *Le racisme.*

42 Dominique Schnapper : *L'épreuve du chômage.*

43 Alain Minc : *Le nouveau Moyen Âge.*

44 Patrick Weil : *La France et ses étrangers.*

45 Françoise Baranne : *Le Couloir (Une infirmière au pays du sida).*

46 Alain Duhamel : *La politique imaginaire.*

47 Le Monde : *L'année 1995 dans* Le Monde *(Les principaux événements en France et à l'étranger).*

48 Régis Debray : *À demain de Gaulle.*

49 Edwy Plenel : *Un temps de chien.*

50 Pierre-Noël Giraud : *L'inégalité du monde.*

51 Le Débat : *État-providence (Arguments pour une réforme).*

52 Dominique Nora : *Les conquérants du cybermonde.*

53 Le Monde : *L'année 1996 dans* Le Monde *(Les principaux événements en France et à l'étranger).*

54 Henri Mendras : *L'Europe des Européens.*

55 Collectif : *Le travail, quel avenir ?*

56 Philippe Delmas : *Le bel avenir de la guerre.*

57 Le Monde : *L'année 1997 dans* Le Monde *(Les principaux événements en France et à l'étranger).*

58 Robert Littell : *Conversations avec Shimon Peres.*
59 Raoul Vaneigem : *Nous qui désirons sans fin.*
60 Le Monde : *Lettres d'Algérie.*
61 Philippe Simonnot : *39 leçons d'économie contemporaine.*
62 Jacques Julliard : *La faute aux élites.*
63 Le Monde : *L'année 1998 dans* Le Monde *(Les principaux événements en France et à l'étranger).*
64 Le Monde : *La Déclaration universelle des droits de l'homme.*
65 Edwy Plenel : *Les mots volés.*
66 Emmanuel Todd : *L'illusion économique.*
67 Ignacio Ramonet : *Géopolitique du chaos.*
68 Jacques Huguenin : *Seniors : l'explosion.*
70 Jean-Louis Andreani : *Comprendre la Corse.*
71 Daniel Junqua : *La presse, le citoyen et l'argent.*
72 Olivier Mazel : *La France des chômages.*
73 Gilles Châtelet : *Vivre et penser comme des porcs (De l'incitation à l'envie et à l'ennui dans les démocraties-marchés).*
74 Maryvonne Roche : *L'année 1999 dans* Le Monde *(Les principaux événements en France et à l'étranger).*
75 Dominique Schnapper avec la collaboration de Christian Bachelier : *Qu'est-ce que la citoyenneté ?*
76 Jean-Arnault Dérens : *Balkans : la crise.*
77 Gérard et Jean-François Dufour : *L'Espagne : un modèle pour l'Europe des régions ?*
78 Jean-Claude Grimal : *Drogue : l'autre mondialisation.*
79 Jocelyne Lenglet-Ajchenbaum et Yves Marc Ajchenbaum : *Les judaïsmes.*
80 Greil Marcus : *Lipstick Traces (Une histoire secrète du vingtième siècle).*
81 Pierre-Antoine Donnet et Anne Garrigue : *Le Japon : la fin d'une économie.*
82 Collectif : *Questions économiques et sociales.*
83 Maryvonne Roche : *L'année 2000 dans* Le Monde *(Les principaux événements en France et à l'étranger).*
84 Roger Cans : *La ruée vers l'eau.*
85 Paul Santelmann : *La formation professionnelle, nouveau droit de l'homme ?*

86 Raoul Vaneigem : *Pour une internationale du genre humain.*
87 Philippe Meirieu et Stéphanie Le Bars : *La machine-école.*
88 Habib Souaïdia : *La sale guerre.*
89 Ahmed Marzouki : *Tazmamart (Cellule 10).*
90 Gilles Kepel : *Jihad (Expansion et déclin de l'islamisme).*
91 Jean-Philippe Rivière : *Illettrisme, la France cachée.*
92 Ignacio Ramonet : *La tyrannie de la communication.*
93 Maryvonne Roche : *L'année 2001 dans* Le Monde *(Les principaux événements en France et à l'étranger).*
94 Olivier Marchand : *Plein emploi, l'improbable retour.*
95 Philippe Bernard : *Immigration : le défi mondial.*
96 Alain Duret : *Conquête spatiale : du rêve au marché.*
97 Albert Memmi : *Portrait du colonisé* précédé de *Portrait du colonisateur.*
98 Hugues Tertrais : *Asie du Sud-Est : enjeu régional ou enjeu mondial ?*
99 Ignacio Ramonet : *Propagandes silencieuses (Masses, télévision, cinéma).*
100 Olivier Godard, Claude Henry, Patrick Lagadec, Erwann Michel-Kerjan : *Traité des nouveaux risques.*
101 Bernard Dupaigne et Gilles Rossignol : *Le carrefour afghan.*
102 Maryvonne Roche : *L'année 2002 dans* Le Monde *(Les principaux événements en France et à l'étranger).*
103 Mare-Agnès Barrère-Maurisson : *Travail, famille : le nouveau contrat.*
104 Henri Pena-Ruiz : *Qu'est-ce que la laïcité ?*
105 Greil Marcus : *Mystery Train (Images de l'Amérique à travers le rock'n'roll).*
106 Emmanuelle Cholet-Przednowed : *Cannabis : le dossier.*
107 Emmanuel Todd : *Après l'empire (Essai sur la décomposition du système américain).*
108 Maryvonne Roche et Jean-Claude Grimal : *L'année 2003 dans* Le Monde *(Les principaux événements en France et à l'étranger).*

109 Francis Fukuyama : *La fin de l'homme. (Les conséquences de la révolution biotechnique).*
110 Edwy Plenel : *La découverte du monde.*
111 Jean-Marie Chevalier : *Les grandes batailles de l'énergie (Petit traité d'une économie violente).*
112 Sylvie Crossman et Jean-Pierre Barou : *Enquête sur les savoirs indigènes.*
113 Jean-Michel Djian : *Politique culturelle : la fin d'un mythe.*
114 Collectif : *L'année 2004 dans* Le Monde *(Les principaux événements en France et à l'étranger).*
115 Jean-Marie Pernot : *Syndicats : lendemains de crise ?*
116 Collectif : *L'année 2005 dans* Le Monde *(Les principaux événements en France et à l'étranger).*
117 Rémy Rieffel : *Que sont les médias ? (Pratiques, identités, influences).*
119 Jean Danet : *Justice pénale, le tournant.*
120 Mona Chollet : *La tyrannie de la réalité.*
121 Arnaud Parienty : *Protection sociale : le défi.*
122 Jean-Marie Brohm et Marc Perelman : *Le football, une peste émotionnelle (La barbarie des stades).*
123 Sous la direction de Jean-Louis Laville et Antonio David Cattani : *Dictionnaire de l'autre économie.*
124 Jacques-Pierre Gougeon : *Allemagne : une puissance en mutation.*
125 Dominique Schnapper : *Qu'est-ce que l'intégration ?*
126 Gilles Kepel : *Fitna (Guerre au cœur de l'islam).*
127 Collectif : *L'année 2006 dans* Le Monde *(Les principaux événements en France et à l'étranger).*
128 Olivier Bomsel : *Gratuit ! (Du déploiement de l'économie numérique).*
129 Céline Braconnier et Jean-Yves Dormagen : *La démocratie de l'abstention (Aux origines de la démobilisation électorale en milieu populaire).*
130 Olivier Languepin : *Cuba (La faillite d'une utopie)*, nouvelle édition mise à jour et augmentée.
131 Albert Memmi : *Portrait du décolonisé arabo-musulman et de quelques autres.*

DANS LA COLLECTION FOLIO / ESSAIS

407 Danilo Martuccelli : *Grammaires de l'individu.*
408 Sous la direction de Pierre Wagner : *Les philosophes et la science.*
409 Simone Weil : *La Condition ouvrière.*
410 Colette Guillaumin : *L'idéologie raciste (Genèse et langage actuel).*
411 Jean-Claude Lavie : *L'amour est un crime parfait.*
412 Françoise Dolto : *Tout est langage.*
413 Maurice Blanchot : *Une voix venue d'ailleurs.*
414 Pascal Boyer : *Et l'homme créa les dieux (Comment expliquer la religion).*
415 Simone de Beauvoir : *Pour une morale de l'ambiguïté* suivi de *Pyrrhus et Cinéas.*
416 Shihâboddîn Yahya Sohravardî : *Le livre de la sagesse orientale (Kitâb Hikmat al-Ishrâq).*
417 Daniel Arasse : *On n'y voit rien (Descriptions).*
418 Walter Benjamin : *Écrits français.*
419 Sous la direction de Cécile Dogniez et Marguerite Harl : *Le Pentateuque (La Bible d'Alexandrie).*
420 Harold Searles : *L'effort pour rendre l'autre fou.*
421 Le Talmud : *Traité Pessahim.*
422 Ian Tattersall : *L'émergence de l'homme (Essai sur l'évolution et l'unicité humaine).*
423 Eugène Enriquez : *De la horde à l'État (Essai de psychanalyse du lien social).*
424 André Green : *La folie privée (Psychanalyse des cas-limites).*
425 Pierre Lory : *Alchimie et mystique en terre d'Islam.*
426 Gershom Scholem : *La Kabbale (Une introduction. Origines, thèmes et biographies).*
427 Dominique Schnapper : *La communauté des citoyens.*
428 Alain : *Propos sur la nature.*
429 Joyce McDougall : *Théâtre du corps.*

430 Stephen Hawking et Roger Penrose : *La nature de l'espace et du temps.*
431 Georges Roque : *Qu'est-ce que l'art abstrait ?*
432 Julia Kristeva : *Le génie féminin, I. Hannah Arendt.*
433 Julia Kristeva : *Le génie féminin, II. Melanie Klein.*
434 Jacques Rancière : *Aux bords du politique.*
435 Herbert A. Simon : *Les sciences de l'artificiel.*
436 Vincent Descombes : *L'inconscient malgré lui.*
437 Jean-Yves et Marc Tadié : *Le sens de la mémoire.*
438 D. W Winnicott : *Conversations ordinaires.*
439 Patrick Pharo : *Morale et sociologie (Le sens et les valeurs entre nature et culture).*
440 Joyce McDougall : *Théâtres du je.*
441 André Gorz : *Les métamorphoses du travail.*
442 Julia Kristeva : *Le génie féminin, III. Colette.*
443 Michel Foucault : *Philosophie (Anthologie).*
444 Annie Lebrun : *Du trop de réalité.*
445 Christian Morel : *Les décisions absurdes.*
446 C. B. Macpherson : *La theorie politique de l'individualisme possessif.*
447 Frederic Nef : *Qu'est-ce que la métaphysique ?*
448 Aristote : *De l'âme.*
449 Jean-Pierre Luminet : *L'Univers chiffonné.*
450 André Rouillé : *La photographie.*
451 Brian Greene : *L'Univers élégant.*
452 Marc Jimenez : *La querelle de l'art contemporain.*
453 Charles Melman : *L'Homme sans gravité.*
454 Nûruddîn Abdurrahmân Isfarâyinî : *Le Révélateur des Mystères.*
455 Harold Searles : *Le contre-transfert.*
456 Le Talmud : *Traité Moed Katan.*
457 Annie Lebrun : *De l'éperdu.*
458 Pierre Fédida : *L'absence.*
459 Paul Ricœur : *Parcours de la reconnaissance.*
460 Pierre Bouvier : *Le lien social.*
461 Régis Debray : *Le feu sacré.*
462 Joëlle Proust : *La nature de la volonté.*
463 André Gorz : *Le traître* suivi de *Le vieillissement.*
464 Henry de Montherlant : *Service inutile.*

465 Marcel Gauchet : *La condition historique.*
466 Marcel Gauchet : *Le désenchantement du monde.*
467 Christian Biet et Christophe Triau : *Qu'est-ce que le théâtre ?*
468 Trinh Xuan Thuan : *Origines (La nostalgie des commencements).*
469 Daniel Arasse : *Histoires de peintures.*
470 Jacqueline Delange : *Arts et peuple de l'Afrique noire (Introduction à une analyse des créations plastiques).*
471 Nicole Lapierre : *Changer de nom.*
472 Gilles Lipovetsky : *La troisième femme (Permanence et révolution du féminin).*
473 Michael Walzer : *Guerres justes et injustes (Argumentation morale avec exemples historiques).*
474 Henri Meschonnic : *La rime et la vie.*
475 Denys Riout : *La peinture monochrome (Histoire et archéologie d'un genre).*
476 Peter Galison : *L'Empire du temps (Les horloges d'Einstein et les cartes de Poincaré).*
477 Georges Steiner : *Maîtres et disciples.*
479 Henri Godard : *Le roman modes d'emploi.*
480 Theodor W. Adorno/Walter Benjamin : *Correspondance 1928-1940.*
481 Stéphane Mosès : *L'ange de l'histoire (Rosenzweig, Benjamin, Scholem).*
482 Nicole Lapierre : *Pensons ailleurs.*
483 Nelson Goodman : *Manières de faire des mondes.*
484 Michel Lallement : *Le travail (Une sociologie contemporaine).*
485 Ruwen Ogien : *L'Éthique aujourd'hui (Maximalistes et minimalistes).*
486 Sous la direction d'Anne Cheng, avec la collaboration de Jean-Philippe de Tonnac : *La pensée en Chine aujourd'hui.*
487 Merritt Ruhlen : *L'origine des langues (Sur les traces de la langue mère).*
488 Luc Boltanski : *La souffrance à distance (Morale humanitaire, médias et politique)* suivi de *La présence des absents.*

Composition Interligne.
Impression Société Nouvelle Firmin-Didot
à Mesnil-sur-l'Estrée, le 11 juin 2007.
Dépôt légal : juin 2007.
1er dépôt légal dans la collection : janvier 2007.
Numéro d'imprimeur : 85740.
ISBN 978-2-07-033642-5./Imprimé en France.

153290